Katharina

Flucht in die Freiheit

Beate Penner

Bibliografische Information der Deutschen Nationalbibliothek:
Die Deutsche Nationalbibliothek verzeichnet diese Publikation in der
Deutschen Nationalbibliografie; detaillierte bibliografische Daten sind im
Internet
Über http://dnb.dnb.de abrufbar.

Umschlaggestaltung: Rolando Giménez /Rudolf Dück Sawatzky
Design basiert auf ein Gemälde von Annette Laukert
Titelbild: Annette Laukert
Satz und Layout: Rolando Giménez / Rudolf Dück Sawatzky
Korrektur:: Andreas Friesen, Michael Rudolph, Rudolf Dück Sawatzky

Herausgeber: Verlagsagentur JustBestEBooks.de Rudolf Dück Sawatzky.
25451 Quickborn, Deutschland
Herstellung und Verlag:
BoD – Books on Demand, Norderstedt, EAN 9783738645866

Für meine Oma und all die Personen,
die der kommunistischen Zeit in
Russland zum Opfer gefallen sind.

Prolog

„Die Deutschen haben uns gewaltsam mitgeschleppt!" Mein Herz klopft bis zum Zerspringen. Obwohl die Deutschen unsere Rettung waren, sage ich gegen sie aus. Wie kann ich nur, wie kann ich nur so etwas Schlechtes tun? Ich schaue rüber zu Wanja. Er steht einige Meter vor mir. Auch er hat gelogen; auch er hat etwas Falsches ausgesagt. Warum lüge ich?

Doch obwohl mich mein Gewissen plagt, spreche ich weiter: „Wir wollten in Russland bleiben, aber die Deutschen ließen uns keine Wahl!" Während meine innere Stimme immer heftiger wird, frage ich mich, ob die Kommission mir glaubt. Ein Russe prüft meine Papiere und betrachtet mich skeptisch. Mein Herz rast. Jeden Moment werde ich vor Spannung platzen. Glaubt er mir nicht? Wird alles umsonst gewesen sein? Wird man uns jetzt, wo wir schon auf der Schwelle zum Leben in Freiheit stehen, die Tür zuschlagen?

Mein Herz klopft immer lauter. Werde ich durchkommen? Wird Gott unsere Gebete erhören, auch wenn wir nicht ganz bei der Wahrheit bleiben?

Erster Teil
1931/1932

I.

„Das ist unmöglich! Das können sie nicht tun! Was wird uns denn in diesem gottverdammten Russland noch alles passieren?!", hätte Katharina am liebsten aus voller Kehle geschrieen. Sie war soeben Zeuge eines Gespräches ihrer Eltern gewesen. Eigentlich sollte sie schon längst im Bett liegen. Ein harter Arbeitstag lag hinter ihnen. Doch sie hatte gegen den Willen ihrer Mama noch einige Zeilen in ihr Tagebuch geschrieben. Zu ihrem siebten Geburtstag hatte sie von ihrem Papa ein wunderschönes Tagebuch mit einem roten Deckel bekommen. Sie hatte noch nicht viel hineingeschrieben, denn sie erlebte nichts Aufregendes und in ein Tagebuch musste doch etwas Spannendes hineingeschrieben werden, so dachte Katharina.

Nachdem sie das Tagebuch an seinen Platz gelegt hatte, war sie noch einmal in die Küche geschlichen und dann, weil sie Stimmen vernommen hatte, vor der Schlafzimmertür ihrer Eltern stehen geblieben. Obwohl der Vater sehr leise gesprochen hatte, hatte sie jedes einzelne Wort verstanden.

Die Worte ihres Vaters hallten in ihrem Innersten nach. Was hatte er soeben gesagt? Er, als einer der größten Bauern im Dorf, sollte *entkulakisiert* werden. Ein schreckliches Wort! Was es bedeutete, das hatte Katharina mit ihren sieben Jahren schon längst begriffen. Als *Kulaken* wurden die Bauern bezeichnet, die mehr besaßen als das einfache russische Volk. Und die meisten mennonitischen Bauern hatten es zu etwas gebracht und besaßen Wirtschaften. Dietrich Braun, Katharinas Vater, war da keine Ausnahme.

Schon als junger Mann hatte Dietrich es verstanden, sein Geld zu investieren. Er hatte schwer gearbeitet und sich mit seinem hart verdienten Geld eine Wirtschaft im Dorf Liebenau gekauft. Diese hatte er im Laufe der Zeit auf Vordermann gebracht: Die Wohnhäuser und Ställe waren renoviert, Hof und Garten angelegt worden und seine Maschinen gehörten zu den modernsten im Dorf. Ja, er hatte sich ein gutes Ansehen und einen Namen im Dorf gemacht! – Und das alles in weniger als 20 Jahren! Darauf konnte man stolz sein! Er hatte es bewiesen, dass Mennoniten, die als arbeitsam und strebsam gelten, es mit viel Arbeit zu etwas bringen können. Man muss nur wollen!

Seine Frau und seine Kinder sollten es einmal besser haben! Die Kinder würden die beste Schulbildung bekommen. Sie sollten es zu etwas bringen! Das waren, wenn auch nicht oft seine Worte, so doch immer seine Gedanken gewesen.

„Mein Vater gehört jetzt also auch zu den *Kulaken*", dachte Katharina, während sie wie hypnotisiert in ihr Zimmer zurückkehrte. Das bedeutete, dass sie demnächst all ihr Hab und Gut an die russische Regierung würden abgeben müssen. Nichts, aber auch gar nichts würde ihnen mehr gehören! Sogar ihren Hof würden sie verlassen müssen. Und wohin sollten sie gehen? Katharinas Gedanken überstürzten sich. Was würde aus ihnen werden? In den letzten Minuten lief vor ihrem inneren Auge immer und immer wieder eine Szene ab. Sie hatte vor einigen Wochen zugesehen, wie bei ihrer Freundin Susanna der ganze Hof geräumt wurde. Alles wurde mitgenommen. Von den Werkzeugen bis hin zu dem schönen Porzellangeschirr, das Katharina heimlich immer so bewundert hatte. Dabei waren die russischen Beamten so unfreundlich mit den Menschen und Sachen umgegangen, dass Katharina noch jetzt eine Gänsehaut bekam, wenn sie daran dachte. Seit diesem Tag hatte sie Susanna nicht mehr gesehen. Die ganze Familie war irgendwo untergetaucht.

Nachdem sie sich einige Zeit im Bett herumgewälzt und ohne Erfolg zu schlafen versucht hatte, kam ihr der Gedanke, sie sollte Liese, ihre ältere Schwester, wecken. Doch nachdem sie zweimal ihren Namen rief und diese sich nicht rührte, ließ sie es. Der Rest der Familie würde schon früh genug davon erfahren.

Irgendwann fiel auch Katharina in einen unruhigen Schlaf.

Von einem lauten Poltern wurde Katharina am nächsten Morgen schon früh geweckt. Im selben Augenblick dachte sie wieder an die Geschehnisse der letzten Nacht. Sie sprang auf, wollte Liese wecken und ihr alles erzählen. Doch Lieses Bett war leer. Schnell zog sie sich an und lief in die Küche. Beim Eintreten machte sie sich ein Bild von dem, was lief. Mama und Liese packten eifrig das schönste Geschirr in Kästen. Papa war nirgends zu sehen.

„Tina", begann die Mutter. So wurde Katharina zu Hause von allen genannt. Eigentlich mochte sie viel lieber Katharina gerufen werden, aber man beließ es in der Regel bei Tina, der Kürze wegen. „Guten Morgen, Tina! Es ist etwas ganz Schreckliches passiert. Noch heute wird man uns alle Sachen, die wir haben, wegnehmen. Komm, pack mit an. Vielleicht können wir noch einige wenige Sachen retten, indem wir sie irgendwo verstecken." „Warum, Mama, was haben wir getan? Wieso behandelt man uns so schlecht?" Mit Tränen in der Stimme antwortete die Mutter: „Ich weiß es nicht, Tina! Wir verstehen so manches nicht, was im Moment geschieht. Aber Gott ist bei uns, er wird uns beschützen." Katharina verzichtete auf die Fortsetzung des Gesprächs. Sie sah ihrer Mama an, dass diese in der letzten Nacht wohl nicht geschlafen hatte.

Verzweifeltes Weinen riss die drei Frauen aus ihren trüben Gedanken. Heinrich war aufgewacht. Katharina gab ihrer Mutter durch eine Handbewegung zu verstehen, dass sie sich um ihren fast einjährigen Bruder kümmern würde. Sie liebte ihren Bruder Heini über alles. Nachdem in den letzten Jahren zwei ihrer Geschwister bald nach der Geburt gestorben waren und ihre Mutter noch eine Fehlgeburt gehabt hatte, war Heini ein wahres Wunder in der Familie: Gesund und munter, immer mit einem Lächeln auf den Lippen.

Katharina betrat das Zimmer des Kleinen und nahm ihn sorgsam in den Arm. Heini hörte auf zu weinen und schenkte seiner Schwester sein schönstes Lächeln. Obwohl Katharina im Moment überhaupt nicht nach Lachen zu Mute war, lächelte sie zurück. Was würde aus Heini werden? Er war noch so klein. Würde er es schaffen? Würden sie alle es schaffen? Würde Papa auch bald, wie schon so viele Männer im Dorf, abgeholt werden?

Katharina wurde aus ihren verzweifelten Gedanken gerissen, denn sie hörte, wie ein Lastwagen auf den Hof fuhr. In aller Eile zog sie Heini an und ging mit ihm in die Küche. Die Kasten standen noch offen auf dem Tisch, aber Mutter und Liese waren nicht mehr da. Katharina lief mit Heini auf den Hof und sah, wie Vater heftig mit zwei Beamten diskutierte. Mutter und Liese standen Arm in Arm da und aus der Scheune kamen Dieter und Hans, Katharinas Brüder, hinzu. Die ganze Familie war komplett und erlebte nun den Albtraum ihres Lebens.

„Keine weiteren Diskussionen! Sie sind ein Feind des Staates, und Staatsfeinde müssen weg!" Der Beamte spuckte Dietrich noch vor die Füße, bevor er sich an die Inspektion von Haus und Hof machte. In den nächsten Minuten musste Familie Braun zusehen, wie all das, was sie sich in den letzten zwei Jahrzehnten angeschafft hatten, weggeschafft wurde. Dietrich und Elisabeth sahen sich in die Augen und fanden keine Worte, ihre Frustration und Ausweglosigkeit auszudrücken. Dietrich wischte sich schnell eine Träne weg, die sich in seinem Augenwinkel gebildet hatte. Auf keinen Fall durfte er jetzt schwach werden. Seine Kinder durften nicht sehen, wie verzweifelt er war.

„Papa, wo bringen die das ganze Zeug hin?" „Wahrscheinlich zu irgendeinem Kollektiv, wo die Sachen dann weiter gebraucht werden, Wanja", antwortete Dietrich auf die Frage seines fünfjährigen Hans, der von allen Wanja gerufen wurde.

Wanja schmiegte sich an seinen Vater und fing an zu weinen. Er ließ seinen Tränen freien Lauf und Dietrich hinderte ihn nicht daran. Er legte seinen Arm auf die Schulter seines Zweitjüngsten. Wie gern hätte er seiner Familie diese Demütigung erspart. Er hatte zwar schon lange damit gerechnet, denn so viele im Dorf waren schon denselben Weg gegangen. Ihr Dorf war wohl eines von den letzten, das von der Kollektivierung heimgesucht wurde. Doch jetzt traf es ihn. Wieso sollte auch gerade er verschont bleiben, wenn alle anderen ungerecht behandelt wurden?

Den Tag hatten sie irgendwie hinter sich gebracht. Was sie so recht getan hatten, wusste wohl keiner zu sagen. Am Abend saßen sie in der großen Stube. Die Leere des Zimmers schmerzte. Dort, wo bis heute früh noch die große Truhe gestanden hatte, sah man eine gähnende Leere. Diese Truhe hatte Elisabeth Braun von ihrer Großmutter geerbt, als diese vor einigen Jahren gestorben war. Es war Familiengut – und nun war sie weg. Dass sie sie nie wieder sehen würden, war allen klar. Außer Heini natürlich. Dieser begriff überhaupt nichts. Er schaute in traurige Gesichter und versuchte mit seinem Lächeln und mit seinen ersten paar Silben, die er seit neuster Zeit sprach, die Situation erfolglos aufzuheitern.

In der Ecke, wo das Bett mit dem Vorrat an Federbetten und Decken gestanden hatte, stand nun ein einsames Bettgestell. Das Gestell hatte sie wohl schon nicht mehr interessiert. Denn das war geblieben. Geblieben war auch der Schrank, in dem das Porzellangeschirr gestanden hatte. Das Geschirr, das Mama und Liese so fleißig eingepackt hatten, war so verpackt mitgenommen worden. Nichts hatte die Mama von ihren Kostbarkeiten retten können. Na ja, nichts war vielleicht etwas zu viel gesagt. Die große Wanduhr war, aus welchem Grund auch immer, an der Wand hängen geblieben. Sie tickte weiter und erinnerte Familie Braun mit jedem Schlag daran, dass das Leben weitergehen würde und dass dringend eine Entscheidung getroffen werden musste.

„Hört mal her, Kinder. Wir haben heute etwas ganz Schlimmes erlebt. Aber so weh es mir auch tut, es euch zu sagen, das war erst der Anfang. Für uns beginnt jetzt ein Leben, das nicht einfach sein wird. Wir sind heute offiziell als *Kulaken* abgestempelt worden, das bedeutet, wir haben hier in Russland nur noch Feinde. Auch unsere mennonitischen Freunde werden sich nicht um uns kümmern, nicht einmal unsere eigenen Geschwister. Wenn sie das tun, werden sie sehr hart bestraft.“ „Aber du hast doch Franz Friesens auch geholfen, Papa, als er sich neulich verstecken musste!“, warf Dieter, der Älteste, ein. „Wieso wird uns dann niemand helfen?“ „Du hast Recht, Dieter! Ich habe Friesens geholfen, indem ich ihnen fast zwei Wochen in der Scheune Unterkunft anbot. Doch ich ging damit ein Risiko ein. Und wir können von den anderen nicht erwarten, dass sie ihr Leben für uns riskieren.“ „Das ist ja mal wieder typisch! Wir helfen anderen, aber uns hilft keiner!“

Noch bevor Dietrich auf die Reaktion seines Ältesten etwas antworten konnte, hörten sie ein Klopfen. Das Klopfen kam aber nicht von der Vordertür. Es klopfte am Fenster. Das konnte eigentlich nur bedeuten, dass es jemand aus dem Dorf war. Voller Spannung ging Dieter ans Fenster und öffnete. Vor ihnen stand Peter Berg, ein guter Freund der Familie.

„Peter, so komm doch rein!“, lud der Vater ein. „Nein, danke“, lehnte Peter das Angebot ab. „Es ist mir zu gefährlich. Ich will sofort wieder gehen. Dietrich, ich habe am Nachmittag von zwei Dorfbewohnern gehört, was heute bei euch passiert ist.“ Dietrich nickte mit traurigem Gesicht. „Außerdem hörte ich, dass man in den nächsten Tagen noch einmal vorbeikommen und euch vom Hof schicken wird. Dietrich, das bedeutet, dass sie dich als Familienvater wahrscheinlich gleich mitnehmen." Dietrich nickte wieder. Peters Nachricht bestätigte ihm nur, was ihm in den letzten Stunden die ganze Zeit durch seinen Kopf gegangen war. „Danke, Peter. Ich schätze dein Kommen sehr!" „Ist schon gut, ich muss aber weiter. Gott mit euch, liebe Brauns! Ihr habt so vielen Leuten geholfen und Gutes getan."

Die Nachricht schlug in der Familie Braun wie eine Bombe ein. Keiner sagte ein Wort. Man hätte eine Nadel fallen hören, so still war es in der großen Stube. In den letzten 24 Stunden war so viel passiert. Und die Zukunft sah dunkel, sehr dunkel aus!

„Ich hasse dieses verdammte Russland!" Katharina, die Temperamentvolle, konnte ihre Gefühle nicht für sich behalten. Normalerweise wäre jetzt eine scharfe Zurechtweisung von Seiten der Eltern gekommen. Doch diese waren so sehr in Gedanken, dass sie auf Tinas Ausbruch überhaupt nicht reagierten.

„Lasst uns mal überlegen, was das Beste für uns alle ist", sagte der Vater schließlich. „Das ist überhaupt keine Frage, Papa!" Katharina hatte ihre Antwort gleich parat. „Wir wollen auf keinen Fall ohne dich leben. Uns geht's schlecht, aber wenn du nicht da bist, geht's uns noch viel schlechter. Wir müssen uns also alle zusammen irgendwo verstecken." Der Rest der Familie nickte. Sie mussten zusammen bleiben, etwas anderes stand überhaupt nicht zur Debatte. Was sollten sie denn ohne ihren Papa tun?

„Das bedeutet, wir müssen noch heute Nacht unsere Flucht antreten und uns irgendwo verstecken." Elisabeth war es, die diese Worte aussprach. Als alle sie mit großen Augen anschauten, wurde sie sich ihrer Worte erst recht bewusst. Hier gab es kein langes Überlegen und Planen, hier galt es, sofort zu handeln. In dieser Nacht nahm ihr Leben eine drastische Wende. Sie würden am Morgen nicht wissen, ob und wo sie die nächste Nacht verbringen würden, auch nicht, ob sie etwas für ihre Mägen bekommen würden oder nicht.

Die ganze Familie fasste sich an den Händen und Dietrich tat etwas ganz Verbotenes. Er betete. Über den Glauben zu sprechen und zu ihrem Gott zu beten war ihnen von der Regierung verboten. „Unser Volk braucht keinen Gott", so hatte Stalin gesagt.

Doch im Hause Braun hielt man sich nicht daran. Im Stillen hielten sie fest zu Gott. Dietrich betete jetzt also zum letzten Mal in ihrem Haus. Er bat um Bewahrung und Schutz und dankte Gott dafür, dass noch alle am Leben und zusammen waren.

Noch in derselben Nacht begaben sie sich auf eine Reise mit unbekanntem Ziel. Katharina glaubte, im Leben könnte ihr nichts Schlimmeres passieren.

II.

Bevor sie aber endgültig Haus und Hof verlassen konnten, musste noch eine sehr wichtige Entscheidung getroffen werden. Wanja war es, der plötzlich fragte: „Und was ist mit Opa und Tante Susi?" Die Eltern sahen sich an. Katharinas erste Gedanken waren: Die können wir auf gar keinen Fall mit auf die Flucht nehmen. Zwar hatte Mama sie immer wieder ermahnt, liebevoll mit den beiden umzugehen. Aber das ginge dann doch zu weit! Sie mochte ihre Tante Susi nicht. Sie hatte es schon so oft versucht, aber bisher hatte sie es noch nicht geschafft, ihr gegenüber liebevolle Gefühle zu zeigen. Opa, ja den mochte Katharina. Sie liebte es, mit ihm zusammen auf der Gartenbank zu sitzen und seinen Geschichten zu lauschen. Stundenlang konnte sie ihm zuhören. Wenn Opa erst anfing von früher zu erzählen, versank sie in eine ganz andere Welt. Opa wusste so viel Schönes über Russland zu erzählen, von damals, als es in Russland noch ruhig war, als noch ‚ein anderer Wind wehte', wie Opa immer zu sagen pflegte. Mit seinen 75 Jahren kannte er Russland noch aus den guten Zeiten. Sein Herz schlug für sein Vaterland. Er war hier geboren und wollte hier auch sterben.

Aber Tante Susi? Katharina wusste selber nicht genau, was sie als Kinder an Tante Susi so störte. Sie fanden sie einfach komisch. Noch nie hatten sie Tante Susi sprechen hören. Sie saß nur immer teilnahmslos da und nahm von dem Leben auf dieser Erde nichts wahr, so schien es zumindest. Komisch, sehr komisch, fand Katharina ihre Tante Susi. Mama hatte mal zu ihr gesagt, dass Tante Susi etwas sehr Schlimmes erlebt habe; was genau, hatte sie nicht gesagt. Aber es musste wirklich etwas Schlimmes gewesen sein. Katharina konnte sich nicht vorstellen, was so schlimm sein konnte, dass man nicht arbeiten und auch nicht mehr sprechen konnte oder wollte. Denn so schien es immer. Tante Susi wollte nichts, sie wollte nicht einmal mehr leben. Das hatten sogar sie als Kinder schon festgestellt, so wie sie dahinvegetierte.

Der Opa bemühte sich sehr um Tante Susi. Aber nicht einmal seine interessanten Geschichten konnten sie aus ihrer Apathie herausholen. Doch niemals hatte Katharina ihren Opa ungeduldig mit ihrer Tante gesehen. Auch ihre Mama ging immer liebevoll mit Tante Susi um. Katharina glaubte oft, dass sie es nie schaffen würde. Insgeheim bewunderte sie ihre Mutter, aber wenn sie dann erst wieder an der Reihe war, sich einige Stunden mit Tante Susi zu beschäftigen, war sie nervös und vergaß all ihre guten Vorsätze. Tante Susi lebte schon, soweit Katharina zurückdenken konnte, mit Opa alleine. Sie war Papas einzige Schwester. Überhaupt hatte Papa keine anderen Geschwister. Na ja, so ganz stimmte das nicht. Papa hatte vier jüngere Schwestern und zwei ältere Brüder gehabt. Alle waren sie im Jahre 1918 gestorben. Alle in einem Jahr, und dann noch die Oma. Katharina hatte in letzter Zeit immer wieder darüber nachgedacht. Sie fand es sehr sonderbar, dass fast die ganze Familie in einem Jahr gestorben war. Bei Gelegenheit würde sie ihre Mutter danach fragen. Bestimmt kam irgendwann einmal der richtige Augenblick.

Katharina wusste zu diesem Zeitpunkt noch nicht, dass ihre Tanten und Onkel und ihre Oma nicht nur im gleichen Jahr, sondern auch noch alle am selben Tag gestorben waren. Sie ahnte nicht einmal im Entferntesten, welche schrecklichen Erinnerungen mit diesem Tag zusammen hingen. Vielleicht, ja vielleicht hätte sogar sie als Kind ihre Tante Susi besser verstanden, hätte sie Bescheid gewusst.

Aber nun galt es zu entscheiden, was mit Opa und Tante Susi passieren würde. Im Stillen legte Dietrich das Für und Wider auf die Waage. Er musste an seine Familie denken, aber auch an seinen Vater und an seine leidende Schwester. Sein Vater arbeitete im Kollektiv, besaß nichts außer seinem kleinen Häuschen auf Nachbarschaft. Es gab noch mehr Leute im Dorf, die sich regelmäßig um Susi kümmerten. Wahrscheinlich war es für beide Seiten das Beste, wenn Vater und Schwester hier blieben.

„Ich geh schnell einmal rüber und werde mit Vater sprechen", sagte Dietrich, nachdem er kurze Zeit überlegt hatte. „Es ist wohl das Beste, wenn sie hier bleiben. Sie haben nichts, ihnen kann also niemand etwas wegnehmen." Im Stillen atmete Elisabeth auf. Sie mochte ihren Schwiegervater und auch ihre Schwägerin sehr. Doch mit ihnen wäre es noch viel schwieriger geworden zu fliehen und sich zu verstecken.

Während die Familie das Wenige, das ihnen an Kleidern und an Essensvorräten geblieben war, einpackte, lief Dietrich in aller Heimlichkeit durch den Gartenzaun zu seinem Vater, erzählte ihm, was geschehen war, was sie nun vorhätten, und fragte ihn, was er darüber dachte.

„Ich geh hier nicht weg, Dietrich!", sagte Klaas Braun, ohne lange zu überlegen. „Ich habe auch nicht die Energie, noch eine Reise anzutreten, und schon gar nicht eine Reise, bei der man weder Ziel noch Dauer kennt. Nein, nein, Dietrich! Ich bleibe mit Susi hier. Geh du in Frieden, sofern das in diesem Land möglich ist. Verlass dich auf Gott und zweifle niemals an seiner Kraft und Güte."

In aller Stille und Heimlichkeit hatten sie miteinander gesprochen. Nun umarmten sich Vater und Sohn ein letztes Mal.

III

„Lasst es uns noch einmal versuchen!", sagte Elisabeth mit einer leisen, müden Stimme. Mittlerweile waren mehr als zwei Wochen vergangen. Sie hatten noch keine Unterkunft gefunden, wo sie bleiben konnten. Etliche Nächte hatten sie bei Peter Dycks, Bekannten aus dem Nachbardorf Schönsee verbracht. In der Scheune hatten sie sich versteckt und hatten sich tagsüber verborgen gehalten, damit auch keiner sie sehen sollte. Trotzdem wurde die Gefahr entdeckt zu werden immer größer. Die Bekannten hatten sie schweren Herzens darum gebeten, den Hof zu verlassen. Obwohl Elisabeth darüber sehr traurig war, verstand sie die Reaktion dieser Glaubensgeschwister sehr gut. Sie mussten schließlich auch an ihre eigene Familie denken.

Gott sei Dank waren die Nächte noch einigermaßen warm, sodass sie die restlichen Nächte im Wald geschlafen hatten. Doch Elisabeth und Dietrich wussten, dass dies demnächst ein Ende haben würde. Der Herbst näherte sich und sie brauchten für den Winter eine feste Unterkunft, wenn sie mit ihrer Familie am Leben bleiben wollten.

Nun waren sie in dem Russendorf Jasnoje angelangt, das etwa 45 Kilometer von ihrem Dorf entfernt war. Hier kannte Dietrich Iwan Petrow, dem er selbst vor langer Zeit das

Leben gerettet hatte. Von ihm erhoffte er sich nun eine Gegenleistung. Als Petrow Dietrich samt seiner Familie erblickte, wusste er sofort, was vorgefallen war.

Er überlegte auch nicht lange: „Kommt herein. Ihr seid uns herzlich willkommen." Nachdem er ihnen ein schlichtes Mahl angeboten hatte, kamen er und Dietrich ins Gespräch. Dietrich schilderte ihm die Sachlage. „Wir haben nichts mehr. Und wenn wir zurück in unser Dorf gehen, werde ich wahrscheinlich auf Nimmerwiedersehen weggeschickt." Der Russe sprach kurz darauf mit seiner Frau. Sie einigten sich, der ganzen Familie die Dachzimmerwohnung zu geben. Es waren da zwei Schlafzimmer und ein kleines Bad. „Es ist nicht viel Platz, aber hier habt ihr wenigstens ein Dach über dem Kopf." Dankbar und mit Tränen in den Augen nahmen Dietrich und Elisabeth das Angebot an. Endlich mal wieder in einem richtigen Haus schlafen!

Dietrich war gerade erst eingeschlafen, da hörte er, dass unten jemand an der Tür klopfte. Sein erster Gedanke war: „Sie haben mich gefunden". Er hörte, wie Iwan öffnete und ein heftiges Gespräch mit einer unbekannten Stimme führte. Bald darauf fiel die Tür wieder ins Schloss und es herrschte eine eisige Stille. Gleich darauf hörte er zwar eine leise, aber heftige Diskussion zwischen seinem Iwan und dessen Frau. Dietrich entschloss sich, hinunterzugehen und sich nach den Geschehnissen zu erkundigen. Nur zu gut wusste er, dass der nächtliche Besuch etwas mit ihm und seiner Familie zu tun hatte.

Unten traf er seinen Freund schon wieder allein an. Er saß am Esstisch und trank Wodka. Als Dietrich sich zu ihm setzte, bot sein Iwan ihm ein Glas an. Doch Dietrich lehnte ab. Noch nie hatte er dieses starke Getränk auch nur riechen können.

Einige Sekunden blickten sie sich an, ohne dass jemand ein Wort sagte. „Es ging um uns, hab ich Recht?", brach Dietrich die Stille. Der Russe nickte nur. „Du bekommst Probleme, weil du uns beherbergst, nicht wahr?" Wieder folgte nur ein Nicken. Dietrich sah es seinem Freund an, dass er in einer Zwickmühle war: Er würde gerne helfen, wollte aber sein eigenes Leben und das seiner Familie nicht riskieren. „Wir werden euch verlassen, das ist überhaupt keine Frage. Ich will nicht, dass du unseretwegen Probleme bekommst." „Ich würde dir so gern helfen. Du hast es ja auch getan, damals, als du mir dein Pferd gegeben hast und ich dadurch meinen Feinden entrinnen konnte." „Das waren andere Zeiten, Freund. Jetzt würde ich es vielleicht auch nicht mehr tun", versuchte Dietrich seinen Freund zu beruhigen. „Du willst mich nur trösten, aber ich fühle mich wie ein Versager, ein richtiger Versager." „Was du fühlst und denkst, dafür kann ich nichts. Ich sage dir nur, es ist gut so. Wir haben einen großen Gott mit uns, der wird uns schon helfen." Dietrich legte seine Hand auf die Schulter des Freundes und sagte noch beim Weggehen: „Lass meine Familie bis morgen schlafen. Dann ziehen wir weiter."

„Und ich dachte, hier könnten wir nun bleiben!" Katharina brach in Tränen aus, als der Vater sie am nächsten Morgen weckte und ihnen sagte, sie müssen weiterziehen. „Ich will nicht mehr, Papa! Ich bin so müde. Ich will endlich mal wieder ein richtiges Zuhause haben!" Sie weinte wieder, ohne auch nur zu versuchen, die Tränen aufzuhalten. Dietrich nahm seine Jüngste in die Arme und hätte am liebsten mit ihr zusammen geweint. Wie gut verstand er seine Tochter! Aber was sollte er tun?

„Und ich dachte, es sei Gottes Weg für uns gewesen!" Die Schärfe in der Stimme seines Ältesten konnte Dietrich nicht überhören. Er war Gott gegenüber sehr skeptisch geworden. Ihm gegenüber würden er und Elisabeth noch viel Weisheit benötigen. „Gottes Wege sind oft nicht zu verstehen, Dieter! Und es hat auch keinen Sinn, wenn wir sie begreifen wollen."

Die ganze Familie war zusammengekommen, genau wie etwa sieben Stunden zuvor. Gestern Abend noch hatte Vater mit frohem Herzen für die Unterkunft gedankt. Jetzt betete er wieder: „Gott, wir verstehen nicht, was du mit uns vorhast. Aber wir vertrauen darauf, dass du genau weißt, was du tust. Wir empfehlen uns dir auch weiterhin an! Amen."

„Sollten wir es nicht doch mal wieder in einem mennonitischen Dorf versuchen?", fragte Elisabeth, nachdem das Gebet verklungen war. „Wir könnten zu meiner Schwester gehen, die in Alexanderwohl wohnt. Dort kennt uns sonst niemand. Sie wird uns bestimmt helfen."

Obwohl Dietrich nicht gerne jemanden aus der Familie in Gefahr bringen wollte, willigte er ein. Sie hatten nicht mehr viel Zeit. Der Winter stand vor der Tür. Bisher hatte seine Familie immer zu essen gehabt und auch meistens eine Stelle gefunden, wo sie schlafen konnte. Doch dies würde sich ändern. Der Winter in Russland konnte erbarmungslos und lang sein. Viele waren schon vor Hunger und Kälte gestorben. Er musste handeln, sollte nicht jemand aus seiner Familie das nächste Opfer sein!

IV.

„Wie schön, euch mal alle wieder zu sehen!" Elisabeths jüngere Schwester Anna umarmte einen nach dem andern. Seit mehreren Jahren hatte sie ihre Schwester und deren Familie nicht mehr gesehen. Auch die Umstände, in denen sie lebten, konnten der Familie die Freude nicht rauben. „Ihr seid aber groß geworden!", staunte sie über Wanja und Katharina. „Das letzte Mal, als ich euch sah, wart ihr höchstens halb so groß. Und dann erst der kleine Heini. Den habe ich ja überhaupt noch nicht gesehen." Sie nahm Heini in den Arm und liebkoste ihn.

Die Freude des Wiedersehens war groß! Tante Anna hatte noch etwas Hähnchenfleisch in der Vorratskammer und bereitete es fürs Abendessen vor. Was für ein Festessen für Familie Braun! Seit Wochen ernährten sie sich von trockenem Brot und dünner Kartoffelsuppe. In den Augen der Kinder las man, wie der Hunger sie plagte.

Nach dem Abendessen brachte Elisabeth ihre Kinder zu Bett. Sie waren müde von der langen Reise. Seit sie Jasnoje verlassen hatten, waren mittlerweile schon wieder fast zwei Wochen vergangen.

Während die Kinder sich fürs Bett fertig machten, beobachtete Elisabeth ihre Kinder. Sie sahen schlecht aus. Alle fünf hatten an Gewicht verloren und in den Gesichtszügen der Ältesten lag Müdigkeit, wenn nicht sogar Verbitterung. Elisabeth konnte sich nicht erinnern, dass sie in der letzten Zeit zusammen gelacht hätten. Nur Heini, der Kleine, setzte zwischendurch sein Lächeln auf und erfreute damit Geschwister und Eltern. Er hatte ja auch gemerkt, dass etwas anders war als früher. Aber worum es ging und was passierte, das begriff er nicht – Gott sei Dank nicht! Wenigstens einer, der ein etwas leichteres Leben hatte. Er war auch der Einzige, der noch einigermaßen gesund aussah. Das lag wahrscheinlich auch daran, dass Elisabeth ihn immer noch von ihrer eigenen Portion zugefüttert hatte. Sie selber war deshalb auch sichtlich abgemagert.

Nachdem sie mit den Kindern gebetet und ihnen eine gute Nacht gewünscht hatte, drehte sie sich um und wollte hinunter in die gute Stube gehen, wo die anderen Erwachsenen zusammen saßen. Doch bevor sie das Zimmer ganz verließ, fragte Wanja noch: „Mama, dürfen wir jetzt hier bei Tante Anna bleiben?" Seine Augen schauten sie so hoffnungsvoll und zugleich mit einer so tiefen Trauer an, dass es Elisabeth fast das Herz brach. „Ich hoffe es, ich hoffe es!" Sie wollte ihm keine falschen Hoffnungen machen.

„Elisabeth sieht überhaupt nicht gut aus, Dietrich", nahm Anna das Gespräch mit ihrem Schwager auf, während Elisabeth die Kinder zu Bett brachte. „Ich weiß, sie hat nur wenig gegessen in den letzten vier Wochen. Sie sieht wirklich schlecht aus, aber was soll ich machen?" Dietrich selber sah auch müde und älter aus. Sein graues Haar hatte sich in letzter Zeit stark vermehrt. Auch er hatte von seinen Portionen stets den größten Teil für die Kinder zurück gehalten.

Nachdem Elisabeth sich zu ihrem Mann, ihrer Schwester und ihrem Schwager Jakob gesetzt hatte, erzählte Dietrich die ganze Geschichte. Seine Erzählungen beendete er mit der Frage: „Können wir den Winter über bei euch bleiben? Wir wissen, dass es euch Probleme bereiten könnte, denn ich bin stimmlos, und Stimmlose soll man nicht aufnehmen. Ihr könnt uns glauben, wenn wir eine andere Möglichkeit hätten, wären wir nicht zu euch gekommen. Aber wir wissen nicht mehr weiter. Der Winter naht und unsere Kinder frieren und hungern jetzt schon."

„Klar könnt ihr bleiben!" Diese Worte, die Schwager Jakob aussprach, lösten bei Elisabeth und Dietrich eine große Erleichterung aus. „Wir wissen zwar, dass es nicht erwünscht ist, aber ihr seid doch schließlich unsere Familie."

Am nächsten Morgen richtete Familie Braun sich in der Scheune gemütlich ein. Hier würden sie den nächsten Winter verbringen. Obwohl es nicht wie ihre frühere luxuriöse Wohnung war, gab es im Moment wohl nichts, was sie mehr erfreut hätte als dieses Dach über dem Kopf.

Nachdem sie die erste Nacht in der Scheune verbracht hatten, wachte Katharina auf und blickte auf eine total verschneite Landschaft. „Schau mal, Liese!", weckte sie ihre älteste Schwester auf, die neben ihr auf einer Pritsche noch im tiefen Schlaf lag. „Schau mal! Es hat geschneit! Schön, nicht wahr? Jetzt kann es endlich Weihnachten werden!" Bei dem Stichwort ‚Weihnachten' horchte Elisabeth auf. Weihnachten? Sie hatten zwar schon Mitte November, doch an dieses Fest hatte sie bisher noch nicht einmal gedacht. Es war in der Familie stets als großes Freudenfest gefeiert worden. Wie würde es in diesem Jahr aussehen? Würde man mit Freuden feiern können? Was würde sie ihren Kindern schenken? Nichts! Sie hatten nichts, außer sich selbst! Aber das war auch Grund genug zu danken.

V.

„Wann kommt Papa mal endlich wieder zurück?" Seit so langer Zeit war ihr Vater nun nicht mehr da und Katharina vermisste ihn. Der Vater ging bei ihr über alles. „Ich weiß es nicht, mein Schatz! Wenn ich es wüsste, würde ich es dir sagen. Wir müssen uns halt die Zeit etwas vertreiben, dann dauert es nicht so lang. Geh hilf deiner Tante Anna etwas in der Küche." Missmutig ging Katharina über den Hof. Sie hatte absolut keine Lust darauf, in der Küche zu arbeiten. Aber wenn Mama das sagte, musste sie es tun. Ihr Papa hatte sie immer wieder ermahnt, dass sie Mama gehorchen sollten.

Elisabeth hatte langsam selbst ein ungutes Gefühl. Schon fast ein Monat war seit der Abreise ihres Mannes verstrichen. Ob wohl noch alles in Ordnung mit ihm war? Er hatte nämlich Nachrichten aus dem Heimatdorf erhalten, dass viele Familien, die Haus und Hof verlassen mussten, wieder zurückgekehrt waren. Dies wollte er untersuchen und dann so schnell wie möglich wieder zurückkehren. Eigentlich hätte er schon längst zurück sein müssen.

Plötzlich wurde Elisabeth aus ihren Gedanken gerissen. Heini, ihr Jüngster, stand auf einmal wie aus dem Nichts vor ihr. Im ersten Moment war sie erschrocken. Doch dann begriff sie: Heini war soeben seine ersten Schritte gegangen! Sie nahm ihn in die Arme und küsste ihn auf die Wangen. Wie schön war es doch mitzuerleben, dass sich ihre Kinder trotz allem, was um sie herum passierte, entwickelten.

Während sie noch in Gedanken bei dem Fortschritt ihres Jüngsten war, hörte sie, dass sie gerufen wurde. „Mama, Mama!", rief Wanja, ihr Zweitjüngster, während er in aller Eile über den Hof gelaufen kam. Er war so eifrig bei der Sache, dass er die Türschwelle nicht sah und regelrecht in die Scheune gestolpert kam. Wanja begann fast zu weinen, doch dann erinnerte er sich daran, was für eine wichtige Meldung er der Mutter bringen wollte. „Mama, Mama, ich war auf dem Feld und..." Vom Laufen ganz außer Atem musste er erst einige Male tief durchatmen, bevor er weiter erzählte. „Und... da sah ich von weitem einen Mann kommen." Er holte tief Luft und rief dann laut: „Es ist Papa! Mama, Papa ist wieder da! Komm und schau selbst!"

Nicht weniger erfreut als ihr Sohn nahm Elisabeth Heini auf den Arm und stürzte ins Freie. Der Winter war vorbei und die Felder wurden wieder für die neue Aussaat bestellt. Dieter und Wanja halfen ihrem Onkel Jakob auf dem Feld, während die Mädchen auf dem Hof und in der Küche halfen. Sie selber fühlte sich in letzter Zeit überhaupt nicht gut. Sie war so schwach und die kleinste Anstrengung brachte sie ins Schwitzen. Vielleicht würde es ja nun besser, wenn Dietrich wieder da war.

Und er war tatsächlich da. Wanja war mit seiner Nachricht auch in die Küche geeilt, sodass die Mädchen ebenfalls auf den Hof gerannt kamen. Es gab ein freudiges Wiedersehen mit Umarmungen und Küssen.

„Papa, Papa!" Katharina musste laut schreien, um sich Gehör zu verschaffen, denn alle sprachen durcheinander. Sogar Dieter vergaß sich einmal und plapperte wie ein Zwölfjähriger. Man merkte, auch er hatte den Vater vermisst. „Papa, wie geht es Opa?" Als Katharina diese Frage stellte, verstummten die anderen und sahen ihren Vater an. Über Dietrichs Gesicht legte sich ein Schatten. „Euer Opa", begann er seine Worte wählend, „ist beim lieben Gott im Himmel." „Er ist gestorben?" Katharina glaubte nicht recht gehört zu haben. „Wieso denn?" Dietrich kniete nieder, um mit seinen jüngeren Kindern auf Augenhöhe sprechen zu können. „Als ich kam, lag er nur noch im Bett und war sehr krank. Er war sehr krank. Zwei Tage danach trugen wir ihn zu Grabe." Katharina lehnte sich an die Brust ihres Vaters und ließ ihren Tränen freien Lauf. Sie hatte ihren Opa immer sehr lieb gehabt. Ihr Vater legte tröstend seine Arme um sie. Auch er war sehr traurig über den Verlust seines Vaters. Vater und Sohn hatten sich geachtet und geliebt.

„Und was ist jetzt mit Tante Susi?" Liese hatte diese Frage gestellt. „Die kann doch unmöglich alleine wohnen." „Frau Wiebe kümmert sich um sie. Aber sie ist auch sehr traurig, dass Opa nicht mehr da ist. Ich habe es gemerkt."

Trotz der traurigen Nachricht freuten sich doch alle, dass der Papa wieder da war. Abends saßen sie zusammen in der Scheune und genossen es einfach zusammen zu sein.

„Ich habe aber auch noch eine sehr gute Nachricht." Dietrich hatte es fast nicht erwarten können, seine Familie darüber zu informieren. Aber er hatte sich vorgenommen, das in aller Ruhe zu tun. Nun hatte er die Aufmerksamkeit aller bekommen. „Wir dürfen wieder nach Hause ziehen!" Die Nachricht schlug wie ein Blitz ein. „Im Dorf hat sich in der Leitung einiges geändert und es ist etwas leichter jetzt. Ich habe mit ihnen gesprochen und sie haben mir erlaubt, wieder auf unseren Hof zu ziehen. Natürlich bekommen wir unsere Sachen nicht zurück, aber die schaffen wir uns wieder an. Ich bin voller guter Hoffnung!" Katharina umarmte ihren Vater, dann ihre Mutter. Sie wusste nicht wohin mit ihrer Freude. Die Freude war bei allen groß. Sogar der kleine Heini merkte, dass wieder etwas anders war als sonst.

Der Abschied von Onkel Jakob und Tante Anna war nicht leicht, aber die Vorfreude, wieder nach Hause zu kommen, war noch viel größer. Es ging nach Hause! Die Zeiten wurden wieder besser!

Zweiter Teil
1937

I.

„Mensch, pass doch auf! Ihr Deutschen könnt nicht mal vernünftig arbeiten!" Für Dietrich war es nichts Neues, so etwas zu hören. Schon fast vier Jahre arbeitete er nun schon im Schweinestall des Kollektivs ins Landskrone, einem Nachbardorf. Er war nicht Mitglied des Kolchos, sondern nur ein einfacher Arbeiter. Mitglied durfte er nicht werden, denn er war ja vor zwei Jahren zum Stimmlosen erklärt worden. Stimmlose hatten im Grunde genommen keine Rechte, nur Pflichten. Und dazu wurden sie von den russischen Vorgesetzten ständig schikaniert.

Als sie vor etwas mehr als vier Jahren wieder auf ihren Hof zurückgekehrt waren, hatten sie ihn ganz verlassen vorgefunden. So gut wie möglich hatten sie es sich wieder heimisch eingerichtet. Es war nicht einfach gewesen, denn ihnen waren ja nur wenige Sachen geblieben. Aber Dietrich hatte festgestellt, dass sie alle mit der Zeit anspruchsloser geworden waren. Noch einige Jahre zuvor hatten sie einen relativ hohen Lebensstandard gehabt, natürlich den Umständen entsprechend. Heute jedoch war man schon sehr froh, wenn man im eigenen Hause leben durfte.

Es hatte nicht lange gedauert, und die Kollektivverwaltung hatte ihn besucht. Sie hatten ihm gesagt, dass es für ihn Arbeit gebe, und zwar in Landskrone. Obwohl Dietrich gerne arbeitete, hätte er dieses Angebot gern abgelehnt, denn es bedeutete, dass er seine Familie verlassen musste. Landskrone lag sechs Kilometer entfernt und die Strecke konnte er unmöglich jeden Tag zurücklegen. Doch solch ein Angebot war ein Befehl. So gut kannte er die Verhältnisse in Russland nun schon.

Also hatte Dietrich sich auf den Weg zur Arbeit gemacht. Auch Elisabeth hatte gewusst, dass sie die Arbeitsstelle nicht ablehnen konnten. Hätten sie Widerstand geleistet, hätte es wahrscheinlich keine Woche gedauert und man hätte Dietrich als ‚Staatsfeind' auf Nimmerwiedersehen abgeholt.

Nun arbeitete er schon vier Jahre hier. Schweine füttern, das war seine Arbeit. Schon längst hatte Dietrich damit aufgehört, es als unter seiner Würde zu empfinden. In diesem Land konnte man froh sein, wenn man ‚frei' arbeiten konnte. Viele Tausende Menschen waren schon verschleppt worden. Sie arbeiteten jetzt entweder in Arbeitslagern oder waren schon gestorben. Man hörte nie mehr etwas von ihnen. Zum Beispiel die Prediger. Alle Prediger aus Liebenau waren entweder hingerichtet oder nach Norden geschleppt worden. „Ihr dürft eh keinen Gottesdienst mehr halten, wozu wollt ihr dann noch Prediger haben?" Das hatte der russische Beamte ihm geantwortet, als er versuchte, für den letzten Prediger im Dorf, Prediger Wieler, ein gutes Wort einzulegen. Prediger würden das Volk nur gegen die Regierung anstacheln, so hieß es.

Dietrich konnte also froh sein, dass er noch nicht auf der ‚Schwarzen Liste' stand. Immer wieder einmal durfte er nach Hause gehen, um seine Familie zu besuchen. Zwischendurch kamen auch Dieter und Liese ins Dorf und brachten ihm einige Lebensmittel. Jedes Mal war er froh sie zu sehen. Sie sagten ihm, es gehe ihnen gut. Auch Elisabeth beteuerte dies immer wieder. Aber Dietrich wusste nur zu gut, dass es seiner Familie schlecht ging. Sie wollten ihm die Wahrheit vorenthalten. Wie sollte es ihnen auch gut gehen? Jedes Mal, wenn er seine Frau sah, sah sie hagerer aus. Wie lange würde sie es noch aushalten?

Auch Elisabeth fragte sich, wie lange ihr Körper noch mitmachen würde. Sie merkte nur zu gut, dass ihre Kräfte allmählich nachließen. Aber obwohl sie ihren Ehemann wenig sah, waren sie immer noch alle beisammen. Das war immerhin Grund genug zu danken. Dieses Glück hatten nur noch ganz wenige mennonitische Familien in Russland. Die Zeiten schienen sich immer mehr zu verschlechtern. Aus den verschiedensten Richtungen hörte man schlechte Nachrichten. Nicht nur von Mennoniten, auch von anderen deutschen Siedlern.

„Mama, unsere Kuh scheint nicht ganz gesund zu sein." Das war Dieter, der gerade ins Haus trat und seine Arbeitsjacke an den Haken hing. Elisabeth wurde aus ihren Gedanken gerissen. „Nanu, was ist denn los?" „Sie gibt jeden Tag weniger Milch und die Milch, die sie noch gibt, ist irgendwie seltsam." „Vielleicht können wir mal Herrn Janzen um Rat fragen. Er hat mit Kühen viel Erfahrung. Könntest du mal zu ihm gehen und ihn um Hilfe bitten, Dieter?" „Klar Mama, mach ich sofort."

Nur das nicht, dachte Elisabeth. Die Milch war das Einzige, was sie an beständiger Nahrung hatten. Die Kuh durfte ihnen nicht wegsterben, sie brauchten sie.

Sie erhob sich aus ihrem Stuhl und begab sich in die Küche, um das Abendessen für ihre Familie vorzubereiten. Während sie aus den wenigen Vorräten, die sich in ihrer Küche befanden, eine schlichte Kartoffelsuppe vorbereitete, wanderten ihre Gedanken wieder zu ihren Kindern. Dieter hatte vor einem Jahr die Schule abgeschlossen. Eigentlich müsste er längst studieren. So war es sein und des Vaters Wunsch gewesen. Lehrer wäre Dieter gern geworden. Doch die Deutschen erhielten vom Dorfsowjet keine Genehmigung zu studieren. Elisabeth selbst war ja sehr froh, dass sie ihn im Moment im Hause hatte. Doch immer öfter fragte sie sich, ob sie das Recht hatte, ihn zu Hause zu behalten. Denn trotz des Studierverbots gab es immer wieder einige Ausnahmen. Sollte sie als Mutter nicht darauf bestehen, dass er es wenigstens versuchte? Wie nützlich würde ihm in einigen Jahren ein guter Beruf sein.

Und Liese, ihre Älteste, war mittlerweile schon 19 Jahre alt. Auch bei ihr war es möglich, dass sie das elterliche Heim demnächst verlassen würde. Immerhin war sie bereits im heiratsfähigen Alter. Sie selbst hatte schon mit 18 ihren geliebten Dietrich geheiratet.

All dies und noch viel mehr ging Elisabeth durch den Kopf, während sie den Tisch für das Abendessen deckte. Wenn Dietrich das nächste Mal nach Hause kommen würde, würden sie sich ausführlich darüber unterhalten.

Ein lautes Klopfen an der Haustür ließ Elisabeth und ihre Kinder vom Abendessen aufschrecken. Das Herz klopfte schnell. Was konnte das bedeuten? Es war schon dunkel draußen. Zu viel hatte man schon von nächtlichen Besuchen gehört. „Ich werde öffnen", bot Dieter sich an. Er ging zur Haustür, während die anderen wie versteinert am Tisch sitzen blieben.

Nach einer Minute erschien Dieter erleichtert wieder in der Küche und hinter ihm stand ein abgemagerter Mann, unrasiert, wirres Haar, die Kleider schmutzig und abgenutzt. Doch alle erkannten ihn sofort. Es war der Vater! Die Kinder bestürmten ihn und freuten sich, dass er wieder da war. Für wie lange und aus welchem Grund spielte im Moment überhaupt keine Rolle. Er war da und die Freude war groß!

Nach der stürmischen Begrüßung holte Liese noch einen Teller und Papa bekam seinen Stammplatz am Ende des Tisches. Obwohl alle vor Neugierde schier platzten, gaben sie dem Vater Zeit, sich erst einmal satt zu essen.

„Das tut gut. Endlich mal wieder mit euch zusammen am Tisch zu sitzen. Ihr könnt euch gar nicht vorstellen, wie ich euch vermisst habe." „Was ist passiert, Dietrich? Warum bist du nach Hause gekommen?" Elisabeth hielt es einfach nicht mehr aus. Sie musste fragen. War seine Rückkehr ein gutes Zeichen oder bedeutete sie etwas Ungutes?

„Man hat mir hier im Kollektiv eine andere Arbeit gegeben. Ich bin sozusagen ‚versetzt' worden. Es ist keine bessere Arbeit, aber ich kann zu Hause wohnen. Ist das nicht herrlich?" Dies konnte wohl keiner bestreiten. Alle freuten sich, dass sie wieder zusammen waren. Wenn sie auch nicht wussten für wie lange.

Elisabeth hatte noch am selben Abend mit Dietrich über die Zukunftspläne ihrer Kinder gesprochen. Es war ihr wichtig, dass besonders für Dieter bald eine Entscheidung getroffen wurde. Sie und Dietrich waren sich darin einig gewesen, dass Dieter auf eine höhere Schule sollte. Er von sich aus würde wohl nicht mehr danach fragen. Aber sie würden es ihm anbieten. Die Chance sollte er haben.

Schon am nächsten Morgen sprach Dietrich mit seinem Sohn. „Dieter, du bist fast 18 Jahre alt. Was stellst du dir für deine Zukunft vor?" „Ach Papa, du weißt ja, dass ich gern Lehrer geworden wäre. Aber im Moment kann ja man alle Zukunftspläne vergessen. Das Einzige was in diesen Tagen von Wichtigkeit ist, ist das Überleben." „Ja Dieter, in gewisser Hinsicht hast du natürlich Recht. Aber du musst an die Zukunft denken, auch wenn sie noch so finster aussieht. Wir wissen nicht, wie die Zeiten in Russland enden werden. Mag sein, sie werden schlechter, mag aber auch sein, sie werden besser. Was willst du dann tun?"

Auf diese Frage folgten einige Minuten des Schweigens. Beide verrichteten ihre Arbeiten im Stall und dachten über das Gesprochene nach. Dietrich war es nicht entgangen, dass sein Ältester reifer geworden war.

„Dieter, ich weiß, was du denkst. Du willst uns mit all der Arbeit nicht alleine lassen. Doch Mama und ich haben beschlossen, dass du im nächsten Monat nach Halbstadt gehen sollst, um dich für einen Platz am Lehrerseminar zu bewerben. Wir denken, das ist das Beste für dich. Und wir werden hier schon ohne dich zurechtkommen. Schließlich bin ich ja jetzt zurück." „Ja, aber Vater, wie lange wirst du bleiben dürfen? Und was ist, wenn sie dich holen? Was wird dann aus Mama und den Kindern?" „Ja, was ist wenn? Dieter, wir können nicht wissen, was die Zukunft uns bringt. Nur Gott allein weiß es. Er hält uns und unsere Zukunft in seiner Hand. Wir müssen ihm einfach vertrauen!"

Sie sprachen noch kurze Zeit miteinander und vereinbarten dann, Dieter würde darüber nachdenken. So verblieben sie und gingen über den Hof ins Haus, wo Elisabeth das Mittagessen schon auf dem Tisch hatte. Sie sah es ihrem Sohn und auch ihrem Mann an, dass sie soeben ein gutes Gespräch geführt hatten.

II.

„Dietrich, deine Fleischsteuer ist schon längst fällig. Wenn du sie nicht in dieser Woche noch einbringst, bekommst du echte Probleme!" Der Kollektivvorsteher hatte seine helle Freude daran, Dietrich immer so schnell wie möglich zu ermahnen. Dietrich war ja überhaupt nicht Mitglied im Kollektiv, er konnte es nicht einmal werden, weil er ja stimmlos gemacht worden war. Und trotzdem musste er alle Steuern einbringen. Ja manchmal hatte er den Eindruck, dass sie bei ihm noch erhöht wurden.

„Ich weiß es, ich werde mich darum bemühen." Was half es denn, wenn er seinem Vorgesetzten sagte, dass es für ihn unmöglich war, diese Steuern zu bezahlen? Auf Mitleid hätte er bestimmt nicht gestoßen. Ja noch viel schlimmer, dieser hätte ihn sofort als ‚Staatsfeind' gemeldet und Dietrich hätte die längste Zeit in Liebenau mit seiner Familie verbracht.

„Was sollen wir bloß tun, Elisabeth?", fragte er abends seine Frau. „Ich kann doch nicht unsere Kuh schlachten, dann haben wir unsere einzige feste Nahrungsquelle verloren. Ich muss die Steuer aber in Fleisch abliefern, und zwar noch in dieser Woche!" Die Lage schien aussichtslos. Aber Gott hatte bisher geholfen und er würde es auch jetzt tun.

Am nächsten Morgen hatte Dietrich eine Idee: „Wie wär's, wenn ich meinen Mantel verkaufe und von dem Geld Fleisch kaufe." „Es ist dein einziger Mantel, Dietrich! Was willst du denn, wenn der Winter erst wieder da ist?" „Das dauert noch, wir haben gerade erst Sommer. Und wenn jetzt nicht etwas passiert, wer weiß, ob wir den Winter dann überhaupt noch erleben." So entschieden sie sich schweren Herzens für diesen Schritt. Wahrscheinlich war dies der Weg, den Gott ihnen zeigen wollte, denn sie hatten ja gestern Abend dafür gebetet.

Also machte sich Elisabeth auf dem Weg ins Nachbardorf Schönsee, um Dietrichs einzigen Mantel zu verkaufen. Er selbst musste ins Kollektiv und Dieter und Liese waren nach Halbstadt gefahren, um sich nach einem Studienplatz für Dieter umzusehen. Mit ihrer Rückkehr rechneten sie erst in einem Monat, und Dieter würde wahrscheinlich sowieso dort bleiben. Also machte sie sich auf den Weg.

Abends kehrte sie ganz müde, aber verrichteter Dinge wieder zurück. Sie hatte den Mantel verkaufen können und auch gleich das Soll an Fleisch gekauft. Acht Kilogramm Kaninchenfleisch schleppte Elisabeth die fünf Kilometer zurück nach Hause. Aber sie würde dadurch das Leben ihrer Familie retten. Dieses Mal war es noch mal wieder gut gegangen. Doch was würde beim nächsten Mal passieren? So langsam ging auch das bisschen zur Neige, was sie an Hab und Gut noch hatten. Sie besaßen bald nur noch das nackte Leben.

„Tina, kümmerst du dich bitte um Tante Susi? Sie sitzt schon so lange alleine da. Bestimmt tut ihr ein bisschen Gesellschaft ganz gut." Elisabeth wusste, dass ihre Jüngste ihre Tante nicht mochte. Aber sie musste es auch lernen, dass im Leben nicht alles nach dem eigenen Wohlgefallen laufen konnte.

Nach dem Tode ihres Schwiegervaters und ihrer Rückkehr nach Liebenau, vor anderthalb Jahren, hatten sie ihre Schwägerin Susi zu sich ins Haus geholt. Was sollte sie alleine tun? Jemand musste sich um sie kümmern. Selbst versorgen konnte sie sich nicht, ihre arme Schwägerin. Elisabeths Herz wurde jedes Mal schwer, wenn sie ihre Schwägerin anschaute. Die Ungerechtigkeit hatte sie im Leben bestraft. Sie selbst hatte sich vorgenommen, Katharina bald irgendwann einmal die ganze Geschichte zu erzählen. Sie war ja schließlich schon 13 und musste lernen, mit solchen Sachen umzugehen. Vielleicht, ja Elisabeth hoffte es, würde Katharina mit ihrer Tante dann besser und liebevoller umgehen.

Katharina sah sich gezwungen, ihrer Mutter zu gehorchen. Sie hätte viel lieber mit Heini gespielt. Sie liebte ihren kleinen Bruder über alles und konnte Stunden mit ihm verbringen. Aber Papa sagte immer: ‚Man muss im Leben auch Sachen tun, die überhaupt nicht gut gehen'. Und sich um Tante Susi kümmern, das war so eine Sache. Also setzte sie sich mit einem Buch zu ihr und las ihr etwas vor. Lesen mochte Katharina. Sie freute sich darauf, bald wieder in die Schule gehen zu dürfen. Doch in der Schule durften sie leider nur russisch lesen. Die deutsche Sprache war schon vor mehreren Jahren verboten worden.

Nachdem sie über eine Stunde mit Tante Susi verbracht hatte, rief die Mama sie zu sich in die Küche. „Setz dich mal zu mir, Tina. Danke, dass du mit Tante Susi gelesen hast. Ich finde es gut, dass du das machst, obwohl du überhaupt kein Interesse daran hast." „Na ja, lesen tu ich ja gern, da ist es mir egal, ob mir jemand zuhört oder nicht", meinte Katharina etwas beschämt.

„Tina, früher habe ich dir mal erzählt, dass Tante Susi etwas ganz Schlimmes erlebt hat. Ich sagte damals zu dir, dass ich es dir eines Tages besser erklären würde. Ich denke, der Zeitpunkt ist gekommen." Katharina lehnte sich zurück und hörte gespannt zu. Endlich würde man sie über Tante Susis mysteriöse Vergangenheit aufklären. Schon so oft hatte sie über dieses geheimnisvolle Geschehen nachgedacht. Und Geschichten hören mochte sie unheimlich gern. Geschichten zu erzählen, das hatte der Opa immer so hervorragend gekonnt. Die Mutter nahm sie nun mit in vergangene Zeiten. „Tante Susi war damals ungefähr in deinem Alter. Sie war gerade 14 geworden…"

So begann Elisabeth die tragische Geschichte ihrer Schwägerin.

***

August 1918, 6 Uhr

Elisabeth bekam von ihrem Ehemann einen Kuss zum Abschied. Seit nun etwas mehr als einem Jahr waren sie und Dietrich glücklich verheiratet. „Bis später, Elisabeth", verabschiedete sich Dietrich von seiner Frau, die bereits im achten Monat schwanger war. „Pass gut auf dich und das Baby auf!" Beide freuten sich schon sehr auf ihr erstes Kind. Elisabeth umarmte ihren Mann ein letztes Mal und sagte mit zitternder Stimme zu ihm: „Irgendwie habe ich kein gutes Gefühl, dass du mich hier alleine lässt. Musst du gerade heute nach Osterwick gehen?" „Ich hab es meinem Vater versprochen. Es wird schon nichts passieren, mein Schatz."

In letzter Zeit waren schlimme Sachen passiert. Ihr Dorf, Rosengart, war bisher noch verschont geblieben. Aber von so vielen Dörfern hatte man schon gehört, dass sie überfallen worden waren. Eine Bande unter der Leitung eines gewissen Machno trieb ihr Unwesen in der Ukraine. Zurück blieben dann meistens vergewaltigte Frauen, getötete Männer und verbrannte Scheunen. Schrecklich, einfach schrecklich waren die Zeiten in Russland, nachdem die letzte Zarenfamilie umgebracht worden war.

Während Elisabeth jetzt ihren täglichen Pflichten nachging, stiegen immer wieder Gebete zu ihrem himmlischen Vater empor.

„Hallo Susi, wie geht's meiner kleinen Schwester?", begrüßte Dietrich seine zweitjüngste Schwester. Susi war ein temperamentvolles Mädchen und im Moment in einer Phase, wo sie glaubte, mit 14 schon ganz erwachsen zu sein. „Hallo Dietrich, schön dich zu sehen. Aber wie es deiner kleinen Schwester geht, kann ich dir nicht sagen. Da musst du sie schon selbst fragen. Sie ist in der Küche." Gemeint war damit Anna, die Zehnjährige. Grinsend ging Dietrich an ihr vorbei. „Wo ist denn eigentlich Papa?" „Der ist mit den Jungs auf dem Feld. Bespricht wohl noch, dass sie heute mit dem Pflügen anfangen sollen."

Dietrich hatte seinem Vater versprochen, ihn auf einer kurzen Reise nach Osterwick zu begleiten. Er wollte ein Pferdegeschäft abschließen und konnte Dietrichs Hilfe gut gebrauchen. „Dietrich ist der Geschäftsmann in unserer Familie", pflegte er stets zu sagen. Nachdem er einige Worte mit seiner Mutter gewechselt hatte, machten sich Dietrich und sein Vater auf den Weg. Es wurde nicht groß Abschied genommen. Zum Abendessen wollten sie ja wieder zurück sein.

„Lasst uns mal wieder in einem von diesem Dörfern Halt machen, wo diese religiösen Spinner leben. Ich habe schon seit drei Tagen keine Frau mehr gehabt. Und diese mennonitischen Frauen sind ja wirklich erste Klasse. Je länger sie sich wehren und weigern, desto mehr Spaß macht es." Brüllendes Gelächter antwortete auf diese Rede. Eine Bande von etwa 20 Reitern war unterwegs. Ihr Anführer, Machno, war zwar nicht bei ihnen, aber sie wussten auch ohne ihn, was zu tun war. „Wisst ihr noch im letzten Dorf, wie die eine Alte sich über ihre zwei Töchter warf, nur damit wir die sein ließen?" Alle lachten. „Ja, mit ihrem Gewicht hat die Mamuschka ihre Töchter bestimmt mehr verletzt als wir später." Wieder lautes Lachen. „Und dabei sah ich es ganz klar in den Augen dieser beiden Mädchen. Die wollten auch was von uns. Sie waren ja auch hübsch anzusehen unter ihren komischen Kleidern…"

So riefen sie gegenseitig Erlebnisse in Erinnerung. Sergej, der Jüngste von allen, fragte sich wie schon so oft: Ob die wirklich Spaß daran haben? Oder tun sie jetzt nur so, um sich das schlechte Gewissen zu erleichtern? Bisher hatte er auf seine Zweifel noch keine

Antwort gefunden. Aber eines wusste er nur zu gut: Ihm machten diese Überfälle absolut keinen Spaß. Häuser und Scheunen in Brand setzen, das ging ja noch. Aber wenn es erst darum ging, seinen Spaß mit den Frauen zu haben, dann überkam ihn jedes Mal ein Ekel. Er musste dann immer an seine liebe Mutter und seine Schwester denken. Denjenigen, der sie vergewaltigen würde, würde er mit eigener Hand umbringen. Aber er hatte keine Zeit mehr, sich weiter Gedanken und Gewissensbisse zu machen, denn in der Ferne sahen sie bereits ein mennonitisches Dorf.

Man erkannte diese Dörfer von weitem. Diese Leute hatten prächtige Höfe und durch ihre Dörfer zogen sich große Alleen. In etwa einer Stunde würden sie dieses Dorf wieder verlassen. Und sie würden viel Elend und Angst verbreitet haben. Er sah, wie sich in den Augen seiner Kameraden schon die Vorfreude spiegelte. Abscheu vor sich selbst und den Genossen überkam ihn. Doch er hatte nicht genug Mut, sich zu wehren, nicht einmal, seine eigene Meinung zu äußern. Auch bei diesem Sieg, wie Machno jeden Dorfüberfall nannte, würde er mitmachen.

11.20 Uhr

Ein ungutes Gefühl hatte Susi die Straße entlang blicken lassen. Irgendwie ahnte sie, dass etwas nicht stimmte. Sie sah zwar noch niemanden, aber sie sah, dass sich eine Staubwolke dem Dorf näherte, und zwar sehr schnell. Wie gelähmt blieb sie stehen. Ihre Hacke, mit der sie den Garten säuberte, fiel zu Boden. War es jetzt soweit? Würde der Albtraum ihres Lebens Wahrheit werden? Sie erinnerte sich an all die Geschichten, die sie in letzter Zeit von anderen Dörfern gehört hatte.

„Mama, eh…", begann sie. Die Worte blieben ihr im Hals stecken. Ihre Mutter und ihre drei Schwestern, die ebenfalls im Garten arbeiteten, wurden auf Susi aufmerksam. „Was ist denn das?" Vor Entsetzen rissen alle fünf ihre Augen auf. Nun konnte man die Reiter schon sehen. „Kommt schnell, wir müssen uns verstecken." Susis älteste Schwester reagierte zuerst. Die fünf Frauen ließen ihre Geräte fallen und liefen so schnell wie möglich in Richtung Haus. Würden sie es schaffen? Es waren gut 150 Meter, die sie hinter sich lassen mussten. Würden sie das Haus erreichen und sich verstecken können, bevor die

Reiter sie entdeckten? Diese und noch hundert andere Fragen schossen durch die Köpfe der um ihr Leben Laufenden.

„Seht mal dort!", rief der Führer und lachte. „Die ersten Schafe laufen vor dem Wolf davon." Die anderen stimmten in das Lachen mit ein. Ihre Vorfreude wurde immer größer. In einigen Minuten würden sie ihre Lust mal wieder befriedigen können. „Scheint so, als ob die denken, vor uns könnte man sich verstecken." Dies erregte die Männer nur noch mehr. Ihre ersten Opfer hatten sie sich also schon ausgeguckt.

Acht Männer stürmten auf den Hof der Familie Braun. Die anderen würden sich anderswo ihr Opfer suchen. Sie sahen zu, wie die Frauen verzweifelt ins Haus liefen. „Lauft schneller Mädchen!", rief wohl die Mutter den anderen zu. Sie stolperte beim Laufen und rappelte sich wieder auf. Ihre Verzweiflung steigerte ihre Kraft aufs Äußerste. Denn sonst konnte sie nie so schnell laufen. Doch es war zu spät. Die Mutter der vier Mädchen erfasste die Wirklichkeit: Hier hilft kein Weglaufen. Wir sind ihnen ausgeliefert.

Und so war es auch. Noch bevor die Mädchen sich im Haus ein Versteck suchen konnten, waren die acht Männer auch schon im Haus. Fünf von ihnen machten sich über je ein Weib her. Die restlichen drei hatten ihre Freude am Zuschauen.

„Hier Sergej, die ist für dich", rief der Führer seinem jüngsten Mitglied zu und schob ihm Susi zu. Sergej schaute ihr ganz kurz in die Augen. So viel Angst, Verzweiflung und Wut in einem Blick konnte er nicht ertragen. Er sah seine Schwester vor sich. Sie mussten ungefähr im selben Alter sein. Wie konnte er nur so etwas tun?

Doch es gab kein Zurück. Er musste hier mithalten, sonst wäre er wohl als nächstes dran. Mit einem Ruck riss er diesem Mädchen, dass einerseits hilflos aber andererseits doch so selbstbewusst und voller Hass erschien, die Kleider vom Leid und vergewaltigte sie. Er merkte wie sich ihr Widerstand langsam legte und beobachtete, dass einer seiner Kameraden den Säbel ins Herz seines Opfers stieß. Denn das gehörte zu ihrem Abkommen. Hatten sie ihre Lust gestillt, wurde das Opfer mit dem Säbel erledigt. Das war ihre Regel.

Nach ein paar Minuten merkte er, dass er nur noch als einziger mit seinem Mädchen beschäftigt war. Die anderen waren schon wieder dabei, sich für die nächste Tour fertig zu machen. Vier Frauen lagen getötete auf dem Boden des Wohnzimmers. Nur sein Opfer lebte noch. Doch Sergej brachte es nicht über sich, sie zu erstechen. Er ließ von ihr und murmelte vor sich hin: „Die ist erledigt. Die braucht keinen zusätzlichen Stich." Etwas misstrauisch blicken die anderen ihn an. „Bist du dir sicher?" „Todsicher. Kommt lasst uns hier verschwinden. Auf uns warten noch andere Frauen." Sergej tat sich mutiger, als er sich in Wirklichkeit fühlte.

Die Männer waren gerade im Begriff das Haus zu verlassen, da sahen sie, wie zwei Jungen über den Hof gerannt kamen. Sie riefen schon von weitem. Es mussten wohl die Namen ihrer Schwestern und ihrer Mutter sein. „Die springen gleich auch noch über die Klinge." Die Männer verteilten sich im Raum und erwarteten die Jungen.

„Mama, Mama", was ist denn passiert?" Weiter kamen sie nicht mit ihren Fragen. Entsetzt sahen sie die Schwestern und die Mutter in ihrem Blut im Wohnzimmer liegen. Noch ehe sie sich zu ihnen niederbeugten, fielen die Banditen über sie her. Ein Säbelhieb, zwei, drei und schließlich von allen Seiten peitschten die Hiebe auf sie nieder. Nach wenigen Minuten lagen sie erschlagen neben Mutter und Schwestern. Nur Susi atmete leise und vor Entsetzen ohnmächtig, während sich die Banditen johlend davonmachen.

13.15 Uhr

„Wo bin ich?" Mit diesem Gedanken wachte Susi nach etwa einer Stunde aus ihrer Bewusstlosigkeit auf. „Mama?" Sie sah ihre Mutter neben sich liegen, rüttelte an ihrem Körper und musste feststellen, dass kein Leben mehr darin war. Ihr bot sich ein Bild, das sie ihren Lebtag nicht vergessen würde. Wie kann man nur so grausam sein? Wie kann Gott so etwas zulassen? Diese Fragen stiegen immer wieder in ihr hoch. Das Schrecklichste von allen waren die zersäbelten Körper ihrer Brüder. Sie waren so zugerichtet, dass man Mühe hatte, sie zu erkennen. Susi lief von einem zum anderen, bis ihr Verstand einfach abschaltete. Es war zu viel für sie. Sie setzte sich hin und starrte nur noch ins Leere.

„Das war doch ein gelungenes Geschäft. Zwei so gute Pferde für diesen Preis. Also Dietrich, wenn ich dich nicht hätte, wäre ich heute mit einem Pferd für denselben Preis nach Hause gekommen. Deine Mutter wird stolz auf dich sein!" Dietrich freute sich, dass er seinen Eltern helfen konnte. Sie waren nicht sehr vermögend und in dieser Zeit zählte jedes bisschen. „Ach, wie freu ich mich auf die leckeren Zwieback von deiner Mutter. Sie ist wirklich die beste Köchin, die ich kenne. Und sie hat mir versprochen, heute zu Abend essen wir frische Zwieback." Sie unterhielten sich weiter miteinander. Mutig und voller Zuversicht schauten sie in die Zukunft.

Langsam kamen sie Burwalde, ihrem Dorf, näher. Schon aus einiger Entfernung sahen sie, dass das eigene Feld leer war. „Deine Brüder haben mit dem Pflügen einfach aufgehört. Und dabei habe ich ihnen ausdrücklich gesagt, dass sie arbeiten sollen bis es dunkel wird. Und dunkel wird es frühestens in einer Stunde." „Komm, lass uns erst mal auf dem Hof schauen, ob etwas passiert ist." Dietrich versuchte seinen Vater zu trösten, aber tief drinnen wusste er, dass irgendetwas Schlimmes passiert sein musste. Elisabeth hatte es ihm ja morgens gesagt und er hatte es einfach von sich gewiesen. Doch nun hatte auch er ein ungutes Gefühl, ein äußerst ungutes sogar.

Die letzte Strecke liefen sie schon fast. Schon von der Straße aus sahen sie, dass Besuch da gewesen sein musste – kein guter, das wussten sie. Dietrich, der noch schneller laufen konnte als sein Vater, lief zum Haus, riss die Eingangstür auf und hier bot sich ihm das schreckliche Bild. Sein Vater folgte ihm auf den Fersen. Wohl keiner von beiden würde diesen Anblick jemals vergessen können. Susi saß zwischen all den Opfern auf dem Boden und ihre Augen starrten ins Leere. Keiner von den beiden Männern fand Worte für diesen Anblick.

***

Seit diesem Tag ist Susi nicht mehr aus ihrer Apathie erwacht. Kein Wort ist mehr über ihre Lippen gekommen. Des Nachts gab sie öfters ein Jammern, Wimmern oder Stöhnen von sich. Wahrscheinlich wurde sie von Albträumen geplagt. Sie lebte in ihrer eigenen Welt und keiner war jemals an sie herangekommen.

Auch der Vater hatte daraufhin eine schwere Zeit erlebt. Sie hatten sich oft genug gefragt, wie Gott so etwas zulassen konnte. Wie konnte die Welt nur so grausam und ungerecht sein?!

Elisabeth war damals mit Liese schwanger gewesen. Die grausame Nachricht, die Dietrich an diesem Abend mit nach Hause brachte, hatte ihr natürlich schwer zu schaffen gemacht und hatte auch dazu beigetragen, dass die Wehen bei ihr frühzeitig einsetzen. Einen Monat früher als erwartet hatte sie ihre erste Tochter zur Welt gebracht. Gott sei Dank war Liese gesund gewesen und hatte sich sehr gut entwickelt.

Sie hatten dann, zusammen mit dem Schwiegervater und der Schwägerin, nach einigen Jahren einen Neuanfang gewagt. Sie hatten die Kolonie Chortiza und ihr Heimatdorf verlassen und hatten in Liebenau, der Kolonie Molotschna, ganz neu angefangen.

Nie würden sie diesen Tag vergessen. Unmöglich! Aber sie hatten gelernt, mit dieser Tatsache und mit diesem Schmerz zu leben.

Während ihre Mutter erzählt hatte, waren Katharina die Augen immer größer geworden. So etwas Schlimmes hatte sie noch nie gehört. Ihre arme Tante Susi! Ohne dass sie es merkte, liefen ihr die Tränen über die Wangen. Sie konnte ihnen einfach nicht Einhalt gebieten. Elisabeth nahm ihre Tochter in die Arme und auch ihr kamen die Tränen. Erinnerungen konnten so schwer zu ertragen sein. Diese Lektion musste auch ihre Katharina noch lernen.

III.

Ein lautes Klopfen ließ Dietrich aus dem Bett auffahren. Sie hatten schon etwa eine Stunde gelegen. Doch geschlafen hatten sie nicht. In den letzten Minuten hatten sie gehört, wie sich dem Dorf allmählich ein Auto näherte. Sie wussten, was das bedeutete. Der „Schwarze Rabe" war unterwegs. Mit klopfenden Herzen hatten sie in ihrem Bett gelegen und gehofft, dass das Auto an ihrem Hof vorbeifahren würde. Doch sie hörten, wie es immer näher kam und plötzlich anhielt.

„Aufmachen! Los, aufstehen!", schallte es bald darauf durch das Haus. Das Erste, was Dietrich durch den Kopf ging, war die Fleischsteuer. „Schatz, du hast doch die Fleischsteuer bezahlt, oder?" „Ja, das hab' ich dir doch erzählt. Direkt bei der Dorfsverwaltung habe ich sie abgeliefert."

Während Dietrich durch den Flur ging, um dem nächtlichen Besuch die Tür zu öffnen, überkam ihn ein ungutes Gefühl. Er brauchte sich nichts vorzumachen. Er würde gleich dem „Schwarzen Raben" die Tür öffnen. So wurden die Beamten von der NKDW, der russischen Geheimpolizei, genannt oder besser gesagt, der Wagen, in dem sie ihre nächtlichen Besuche abstatteten, denn die NKDW arbeitete nur nachts. Der Wagen war ganz schwarz und aus ihm konnte man weder hinein- noch hinausschauen. Wo der Schwarze Rabe anhielt, hinterließ er Trauer, Angst und Verzweiflung. Noch nie hatte sein Besuch etwas Gutes bedeutet. Und das würde er auch jetzt nicht. Dessen war Dietrich sich sicher!

Auch Elisabeth wusste, dass der Besuch nichts Gutes bedeuten konnte. Während sie Dietrich zur Tür folgte, kamen Erinnerungen in ihr hoch. Diese Situation, genau diese hatte sie vor vier Jahren schon einmal erlebt. Obwohl es wohl kaum der richtige Zeitpunkt war, glitt Elisabeth mit ihren Gedanken zurück in die Vergangenheit. Sie waren damals erst kurze Zeit von ihrer Flucht ins Dorf zurückgekehrt…

<u>März 1933</u>

Die Kolchosen waren seit einiger Zeit eingeführt worden und die Regierung war immer noch am Experimentieren, wie der Bauer auch ja nichts von seiner Ernte zurückbehalten konnte. Sie legten dem Einzelnen so hohe Steuern auf, dass er auch wirklich nichts für sich behalten konnte.

„Die Regierung hat Verträge mit anderen Ländern abgeschlossen, in dem sie sich verpflichtet, ein gewisses Soll an Getreide zu liefern. Da es immer weniger Getreide gibt, geraten sie in die Klemme. Du wirst sehen, Elisabeth, sie werden sich etwas ausdenken, was noch schlimmer sein wird als alles andere." So sprach Dietrich damals zu Elisabeth.

Sie hatte gerade eine weitere Fehlgeburt hinter sich und war dabei, wieder auf die Beine zu kommen.

Etliche Tage nach diesem Gespräch kam dann der Beschluss der Regierung. Die Ernte sollte vom Feld direkt beim Bahnhof abgeliefert werden. Der Bauer sollte nicht die Gelegenheit haben, für sich selbst etwas abzuzweigen. Ein Gesetz wurde erlassen und in den Kolchosen bekannt gegeben. Es lautete ungefähr so: „Wer sich am Kolchoseigentum vergreift und sei es auch nur beim Ährenraufen, verdient das Höchstmaß an Strafe – den Tod!"

In der Nacht ritten spezielle Reiter die Felder ab, damit auch ja niemand Ähren raufen sollte. Und in jeder Kolchose kontrollierte ein Vertreter der Regierung, dass die Ernte vom Dreschen direkt beim Bahnhof abgeliefert wurde.

Elisabeth und Dietrich, ja alle im Dorf, schufteten wie die Verrückten, um ihr Soll an Getreide zu erreichen. Für Säuglinge und Kinder wurden Kinderkrippen eingerichtet, wo die Kinder tags beaufsichtigt wurden, damit alle Mütter und Väter auf Arbeit gehen konnten. Obwohl sie selbst sich noch nicht von ihrer Fehlgeburt erholt hatte, ging sie mit. Es ging ja schließlich um das Leben ihrer Familie. Und sie überlebten diese Zeit. Zwar hatten sie nicht satt zu essen, aber sie blieben zumindest vor dem Hungertod verschont.

So verging der Winter, aber die Sorgen wurden nicht weniger. „Ich mache mir langsam Gedanken, wie es weitergehen soll", sagte Dietrich eines Abends zu ihr. „Wir haben die ganze Ernte weggebracht. Nichts, aber auch wirklich nichts zurückgehalten, wie es die Regierung verlangte. Das bedeutet aber auch, dass wir kein Saatgut haben. Woher werden wir das Getreide für die nächste Aussaat nehmen?" Mit einem sarkastischen Unterton in der Stimme fügte er noch hinzu: „Die Regierung wird es uns bestimmt nicht schenken."

Und damit hatte er Recht. Denn der Beschluss, der kurz darauf veröffentlicht wurde, war niederträchtig. Er lautete: „Wer sich während der Ernte am Kolchoseigentum vergriffen und Getreide gestohlen hat, dem wird die Schuld vergeben, wenn er sie freiwillig gesteht. Er braucht es nur zurückerstatten. Wer das Getreide nicht mehr hat, kann es in Kartoffeln zurückerstatten. Nur gelten hier zwei Kilogramm für ein Kilogramm Getreide."

„Diese Verbrecher, Unmenschen sind sie, nichts anderes als Bestien! Sadisten, die nur glücklich sind, wenn sie andere leiden sehen!", schrie Dietrich. Selten geriet er mal außer sich, aber in diesem Moment konnte er sich nicht beherrschen.

„Es ist ganz logisch", sagte Dietrich etwas später schon etwas ruhiger. „Die Kartoffeln werden sie an Industriezentren geben und dafür Saatgetreide verlangen. Denn sie wissen ganz genau, dass niemand von uns Getreide genommen hat. Aber sie wissen auch, dass jeder Kartoffeln hat, denn jeder darf ja schließlich sein eigenes Kartoffelfeld haben."

Und dann ging die Aktion los. Eine Kommission ging von Haus zu Haus und untersuchte, ob es im Haus Getreide gab. Natürlich wollten sie nur wissen, ob und wie viel Kartoffeln man hatte. Einer nach dem anderen wurde verhört, natürlich nachts. Und eines Nachts klopfte es dann auch bei ihnen, genau wie in diesem Augenblick. Dietrich wurde abgeholt. Sie hatten etwa 100 kg Kartoffeln verstaut, und die hatte man am Tag davor bei ihnen entdeckt.

Elisabeth verabschiedete sich von Dietrich in der Ungewissheit, ob sie sich jemals wieder sehen würden.

Dietrich kam in ein Gefängnis. Jede Nacht wurde er einem Verhör unterzogen. Aber er gestand nicht. Was sollte er auch gestehen? Er hatte kein Getreide an sich genommen. „Ich biete ihnen all meine Kartoffeln an, wenn sie wollen", sagte er den Behörden. Wutentbrannt entgegneten diese: „Wir sind keine Bettler und wollen keine fremden Sachen! Wir wollen nur das zurückhaben, was uns zusteht, was du uns gestohlen hast!"

Und dann in der vierten Nacht, war die Geduld der Behörden zu Ende. „Wenn Sie heute nicht ihren Diebstahl gestehen, schicken wir Sie samt Ihrer Familie in den hohen Norden!" Und da resignierte Dietrich. Er gestand etwas, was er nicht getan hatte, um seine Familie zu retten. „Siehst du, das hättest du auch in der ersten Nacht sagen können. War doch gar nicht so schwer, oder?"

Für die 50 Kilogramm Getreide, die er gestohlen haben sollte, musste er nun 100 Kilogramm Kartoffeln liefern. Natürlich, sie wussten ja wie viel Kartoffeln sie bei ihm gefunden hatten.

Sie hatten also keinen Kartoffelvorrat mehr. Aber was lag ihnen schon daran? Immerhin waren sie am Leben und zusammen. Das war doch, was in dieser bösen Zeit noch zählte.

In wenigen Sekunden waren diese Erinnerungen vor Elisabeths innerem Auge abgelaufen. Damals war Dietrich nach fünf Tagen wieder da gewesen. Wie würde es jetzt sein? Doch sie musste zurück in die Gegenwart. In der Vergangenheit zu verweilen, half ihr im Moment nichts.

Es klopfte wieder ganz laut. In dem Moment, als Dietrich schon im Begriff war, die Tür zu öffnen, brüllte der Beamte wieder: „Los, aufmachen! Was dauert es so lange?" Dietrich öffnete die Tür und seine Vorahnungen wurden bestätigt. Vor ihm standen drei Männer der NKDW und hinter ihnen sah man den „Schwarzen Raben", das Auto, das schon so viele Männer aus dem Dorf abgeholt hatte.

„Sind Sie Dietrich Braun, geboren am 25. Mai 1898 in Grünfeld, Kolonie Chortiza?" „Ja, das bin ich", beantwortete Dietrich in einem etwas freundlicheren Ton als dem, den der Beamte benutzt hatte. „Und neben mir meine Frau Elisabeth." In seine Akte schauend verkündete einer der Beamten: „Sie werden beschuldigt, ein Staatsfeind zu sein. Sie liefern ihre Steuern nicht rechtzeitig ab und stehen auch sonst dem ganzen bolschewistischen System skeptisch gegenüber." Obwohl Dietrich wusste, dass es ihm nichts helfen würde, versuchte er noch das Gegenteil zu behaupten. Er musste doch irgendetwas tun können. Verzweiflung stieg in ihm hoch. So oft hatte er schon von dieser „Säuberungsaktion" gehört. Der Staat sollte von allen ‚Gegnern' befreit werden.

„Sie haben fünf Minuten, einige Sachen zu packen und sich von Ihrer Familie zu verabschieden. Dann kommen Sie mit!" Wie von weitem drangen diese Worte an Dietrichs Ohr und er schien nicht richtig wahrzunehmen. Was hatten die Herren eben gesagt? Fünf Minuten? Wie lange sind fünf Minuten? In dieser Situation schien die Zeit stehen geblieben zu sein.

Elisabeth rannte ins Schlafzimmer und packte die wenigen Kleider, die Dietrich noch besaß, in eine Tasche. Oben drauf legte sie die Familienbibel. Es war ihre einzige deutsche Bibel im Haus. Aber Dietrich würde sie brauchen können! Auf die erste Seite der Bibel hatte Elisabeth vor einigen Jahren ein Familienfoto hinein geklebt. Das Foto war kurz nach der Geburt ihres Söhnchens Heinrich gemacht worden.

Unterdessen spielte sich in Dietrichs Innerem ein Kampf ab. Sollte er Katharina, Wanja und Heinrich wecken, um sich von ihnen zu verabschieden oder sollte er einfach gehen ohne sie ein letztes Mal in die Arme genommen haben? Man musste davon ausgehen, dass er sie nie mehr wiedersehen würde. Was war für die Kinder das Beste? An sich dachte er in diesem Moment nicht. Dieter und Liese waren nicht da. Von ihnen war kein letzter Abschied möglich. Angesichts der Tatsache, dass er nur noch drei Minuten hatte – sollten die Beamten sich denn überhaupt an ihr Wort halten –, musste er sich entscheiden. Er ging zum Schlafzimmer seiner Kinder, öffnete die Tür und weckte Wanja und Katharina. Heini war erst sechs Jahre alt und würde es sowieso nicht verstehen. Aber mit den anderen beiden wollte er noch rasch einige Worte wechseln.

„Wanja, Tina, kommt einmal kurz zu mir auf den Schoß." Mit diesen Worten weckte er seine Kinder. Diese waren auch erstaunlicherweise schnell bei ihm. „Was ist los, Papa? Kommen sie dich holen?" Katharina, seine kluge Tochter, war es mal wieder, die die Sachlage schnell erkannt hatte. Sooft hatte sie schon von Mädchen und Jungen aus dem Dorf gehört, deren Papa in der Nacht „abgeholt" worden war. „Ja, Tina, es ist soweit. Euer Papa ist jetzt an der Reihe. Und ich hab nur ganz wenig Zeit. Ich möchte, dass ihr gut auf Mama und auf Heini aufpasst. Ihr seid nun die beiden Großen im Haus, bis Dieter und Liese zurückkehren. Helft Mama so gut ihr könnt und macht ihr keine unnötigen Sorgen. Und denkt immer daran, Gott hält uns in seiner Hand. Er wird uns beschützen und eines Tages alle zu sich in den Himmel holen."

„Los, mach schon! Deine fünf Minuten sind um!" Von draußen meldeten sich die Beamten. Sie hatten es eilig. Wahrscheinlich war die Familie Braun nicht die einzige heute Nacht, deren Familienoberhaupt abgeholt werden sollte.

Katharina und Wanja weinten beide. Sie wussten mit der Situation nicht recht umzugehen. Ihr Papa musste weg, wahrscheinlich für immer. Was sollten sie ohne ihren lieben Papa tun? Dietrich nahm seine beiden ein letztes Mal in den Arm und tat etwas, was er bisher noch nie getan hatte. Er sagte die vier Worte, die er mehrmals schon auf der Zunge gehabt hatte: „Ich hab' euch lieb!" So oft schon hatte er es seinen Kindern sagen wollen, doch ihm hatte immer der Mut dazu gefehlt. In der mennonitischen Kultur war es einfach nicht üblich, im Alltag seiner Liebe so direkten Ausdruck zu verleihen. Seine Zuneigungen äußerte man in der Regel weder mit Zärtlichkeiten noch mit Worten.

Auf ein wiederholtes Ermahnen von draußen löste sich Dietrich von seinen Kindern und strich seinem Jüngsten, der im Bettchen lag und friedlich schlief, noch einmal über den Kopf. Wie würden seine Kinder ohne ihn groß werden? Heinrich hatte so gut wie nichts von seinem Vater gehabt, er war noch so jung. Und auch jetzt konnte man ihm noch nicht erklären, wieso es auf der Welt so böse Menschen gab, die ihm einfach seinen Papa wegnahmen. Es ihm eines Tages zu erklären, blieb Aufgabe seiner Frau. Aber Dietrich war getrost darüber. Elisabeth war weise und wählte ihre Worte immer so geschickt aus. Schon oft hatte er zu ihr gesagt: „Du hättest Lehrerin werden müssen, so gut wie du Sachen erklären kannst." Daraufhin hatte sie immer erwidert: „Ich bin eine Mama von fünf Kindern. Das reicht mir."

Elisabeth hatte währenddessen vor der Schlafzimmertür auf Dietrich gewartet. Ihr Herz weinte, als sie Zeuge dieser Abschiedsszene wurde. Sie wusste nur zu gut, wie sehr die Kinder an ihrem Papa hingen und umgekehrt er auch an ihnen. Obwohl sie versuchte, ihre Tränen zurückzuhalten, liefen sie ihr über die Wangen. Sie wollte stark sein, schaffte es aber nicht. Wie konnte Gott es zulassen, dass Menschen in der Welt so viel Unheil anrichteten? Wahrscheinlich würde sie auf diese Fragen nie eine Antwort finden.

Im nächsten Augenblick stand Dietrich vor seiner Frau. So viel wollte er ihr noch sagen, doch seine Zunge weigerte sich. Kein Wort brachte er über die Lippen. Also blickten sie sich ein letztes Mal tief in die Augen. Ihre Liebe würde für immer bestehen bleiben. Daran würde auch ein Stalin mit seiner bolschewistischen Regierung und all den Gräueltaten nichts ändern. „Vielleicht bin ich ja bald wieder unter euch." Doch beide wussten, dass seine Worte nicht wahr waren. Sie würden sich, sollte es kein Wunder geben, nie mehr wieder sehen in diesem Leben.

„Vertrau auf Gott, meine Liebe! Mehr kann ich dir im Augenblick nicht sagen. Ich liebe dich, Elisabeth!" Die letzten Worte verstand Elisabeth schon fast nicht mehr, denn die Beamten wurden nun nervös und traten ins Haus. „Komm schon, du *Kulak*! Wir warten nicht mehr länger. Los, beeil dich!"

Dietrich umarmte seine liebe Frau ein letztes Mal, trat durch die Tür hinaus auf den Hof und wurde in den Wagen geschoben. Von ihm hatte er so viel gehört. Nun war er selber Opfer dieses „Schwarzen Raben" geworden.

Elisabeth sah dem Wagen nach, bis er endgültig die Auffahrt verließ. Dann ließ sie ihren Tränen freien Lauf. Sie sank in sich zusammen und weinte sich die Seele aus dem Leib. 20 Jahre waren sie verheiratet gewesen. Sie waren durch Trauer und Leid gegangen und hatten sich trotz allem von Gott geführt gewusst. Doch jetzt, in der dunkelsten Stunde ihres Lebens, zweifelte Elisabeth an ihrem Gott. Wie konnte das Leben nur so schrecklich sein? Wie sollte sie ihren Kindern gegenüber treten? Wie sollte sie ihnen erklären, dass dies alles Gottes Führung war? Sie konnte es nicht. Sie selbst war auch nicht überzeugt von Gottes Entscheidungen. In den nächsten Stunden lag die tiefgläubige Elisabeth im Flur, da, wo Dietrich sie das letzte Mal geküsst hatte, und rang den schwersten Kampf ihres Lebens. Alles, was sie seit ihrer Kindheit immer wieder gehört und auch geglaubt hatte, geriet in diesem Augenblick ins Wanken.

Es begann schon zu dämmern, als sie sich erhob und sich irgendwie bis zu ihrem Bett brachte. Hier sank sie in einen traumlosen Schlaf. Sie war so verzweifelt, dass sie in keiner Minute daran gedacht hatte, zu ihren Kindern ins Zimmer zu gehen. Diese mussten ja auch mit dem Verlust ihres Vaters fertig werden. Doch in diesem Moment dachte sie nicht an ihre Kinder.

Wie hypnotisiert saßen Katharina und Wanja in ihren Betten. Noch lange nachdem sie die Haustür hatten gehen hören, sprachen sie kein Wort miteinander. Sie saßen da und weinten von ganzem Herzen. Für sie brach in dieser Stunde eine Welt zusammen. Ihr Vater war stets ein Vorbild für sie gewesen. Seine liebevolle Art, mit Kindern umzugehen, und sein großes Gottvertrauen hatten sie immer beeindruckt, wenn wahrscheinlich auch nur unbewusst. Ihr Vater, der immer alles konnte und stets einen Rat oder ein liebes Wort parat hatte, dieser Mann, der ihr Leben geprägt hatte, der sollte plötzlich nicht mehr da sein? Wie war das überhaupt möglich!?

„Was machen die denn mit Papa?", fragte Wanja nach einiger Zeit. Katharina hatte schon so einiges gehört, was mit diesen Männern gemacht wurde. Vieles hatte sie nicht geglaubt, aber wer wusste, was wirklich mit ihnen passierte? „Weißt du Wanja", begann Katharina. Sie suchte ihre Worte aus, wusste sie doch, dass Wanja noch jünger war und es vielleicht nicht so gut verstehen würde – eine Eigenschaft, die sie von ihrer Mutter geerbt hatte. „Ganz genau weiß ich das auch nicht, aber ich habe gehört, dass man sie erst lange im Gefängnis hält und dann irgendwann in ein Lager steckt, wo sie hart arbeiten müssen." „Aber warum muss Papa denn ins Gefängnis? Er hat doch nichts Schlechtes getan!" Wieder konnte Wanja seine Tränen nicht halten. In seine Trauer mischte sich schon die Wut. „Das habe ich auch noch nie verstanden, Wanja. Da müssen wir morgen mal Mama fragen."

Obwohl der Schlaf verflogen war, legten sie sich wieder hin. Nach einiger Zeit nahm Wanja das Gespräch wieder auf: „Die Mama ist bestimmt auch ganz traurig, oder?" „Bestimmt. Deshalb müssen wir morgen auch ganz lieb zu ihr sein. Zum Glück kommt ja Liese bald nach Hause. Wenn sie erst wissen, was passiert ist, bleibt Dieter bestimmt nicht dort." „Hm." Bald darauf schlief er wieder ein. Katharina legte sich hin und begann zu weinen. Sie verstand mit ihren 13 Jahren noch so vieles nicht im Leben. Und sie war nun die Große im Haus. Ob sie es schaffen würde? Ob sie der Mama eine Hilfe sein würde? Was würden sie ohne ihren Papa tun? Und was würde er alles erleben müssen?

Irgendwann war auch Katharina so müde, dass sie in einen unruhigen Schlaf fiel. Ein weiterer schwerer Schlag hatte sie heute getroffen.

Ein lautes Kindergeheul weckte Katharina am nächsten Morgen. Heini stand neben ihrem Bett und weinte laut. Katharina sah gleich, was passiert war. Heini hatte ins Bett gemacht. Seine Schlafhose war nass und das Bettlaken auch. Eigentlich war Heini schon seit einigen Jahren ganz trocken. Doch zwischendurch kam es noch vor, dass er nachts nicht rechtzeitig aufwachte. In solchen Situationen war er immer recht verlegen.

„Guten Morgen, Heini", begrüßte Katharina ihren sechsjährigen Bruder. Dieser weinte nur weiter. „Ist doch nicht schlimm, Heini. Das kriegen wir schon wieder hin", versuchte sie ihn zu trösten. Sie nahm ihn an die Hand, zog ihm eine neue Hose an und wechselte das Bettlaken. Wanja war mittlerweile auch aufgestanden. Seine traurigen Augen zeugten davon, dass er stark mit den Geschehnissen der Nacht beschäftigt war.

„Wo ist Mama?", fragte Heini, nachdem er sich etwas beruhigt hatte. Er hing sehr an seiner Mama und sie an ihm. Papa hatte immer von seinem *Mamapoptje* gesprochen. „Ich weiß es nicht", beantwortete Katharina die Frage ihres Bruders. „Komm, lass uns mal schauen gehen."

Sie gingen als erstes in die Küche, wo die Mutter um diese Zeit zu sein pflegte, doch hier war sie nicht. Nachdem sie in die gute Stube geschaut hatten, gingen sie in den Stall, der sich unmittelbar an das Haus anschloss. Doch auch hier konnten sie ihre Mutter nicht finden. Schließlich gingen sie zurück ins Haus und schauten im elterlichen Schlafzimmer nach. Hier fanden sie ihre Mutter im Bett. Sie schlief noch.

Heini trat an ihr Bett und fasste Mama sanft am Arm. „Mama, wir sind schon aufgestanden." Elisabeth war sofort wach. Katharina fielen die dunklen Ränder um die Augen ihrer Mutter auf. Man sah es ihr an, dass sie lange geweint hatte. „Guten Morgen, Mama", begrüßte auch sie ihre Mutter. Mutter und Tochter schauten sich einen Augenblick lang in die Augen. Ihre Mutter blickte so traurig, dass Katharina wieder weinen musste. Was war schlimmer, als die eigene Mama traurig zu sehen?

Elisabeth nahm ihre drei Kinder in den Arm. Außer Heini, der von allem noch nichts wusste, ließen alle drei ihren Tränen freien Lauf. So saßen sie eine Weile da, wie ein Häufchen Elend, ohne miteinander zu sprechen. „Was habt ihr denn alle?" Heini erschien es sehr seltsam, dass alle weinten. „Sie haben in der Nacht Papa geholt", sagte Wanja unter

Tränen. Nun fing auch Heini an zu weinen. Er begriff zwar nicht ganz, merkte aber, dass es etwas sehr Schlimmes bedeutete.

‚Ich muss stark sein. Ich muss es schaffen, für meine Kinder. Bitte Gott hilf mir!' So betete Elisabeth die ganze Zeit. Nach einer Weile brach sie das Schweigen: „Tja Kinder, wir müssen jetzt sehr dafür beten, dass sie Papa nicht zu schlecht behandeln." „Mama, warum wollen sie Papa ins Gefängnis stecken?", fragte Wanja. „Was hat er verbrochen?" Die Fragen, die ihn seit gestern Abend plagten, wurde er nun alle auf einmal los.

Elisabeth atmete tief durch und suchte nach passenden Worten. „Weißt du, Wanja, dein Papa ist kein Verbrecher. Das sollt ihr bei euch ganz klar haben. Aber wir leben in einer Zeit, wo die Regierung sich Menschen aussucht und diese dann als Verbrecher hinstellt. Und dabei fangen sie bei Leuten an, die etwas mehr Geld haben." „Aber wir haben doch nichts mehr, Mama", warf Katharina ein. „Alles was wir hatten, haben sie uns doch schon vor zwei Jahren weggenommen." Elisabeth nickte. „Ja, da hast du wohl recht. Aber wir hatten mal viel Land, eine große Wirtschaft und ein schönes Haus. Das vergessen diese Leute nicht." „Wer sind denn ‚diese Leute'?", wollte Katharina wissen. Sie war in einem Alter, wo sie alles wissen wollte und auch schon vieles gut verstand.

Elisabeth versuchte, ihr den geschichtlichen Hintergrund des Zeitgeschehens zu erklären. „In demselben Jahr, als du geboren wurdest, Tina, starb ein großer Mann in Russland. Lenin hieß dieser Mann. Dieser Lenin kam damals an die Macht, als der letzte russische Kaiser umgebracht wurde. Davon habe ich vor einigen Tagen gesprochen, als ich dir die Geschichte von Tante Susi erzählte. Von 1917-1924 war er der mächtigste Mann in Russland. Er hatte sich zum Ziel gesetzt, alle Unterschiede zwischen den Armen und den Reichen aufzuheben. In Russland war es bis dahin nämlich so gewesen, dass es eine adlige Schicht gab. Diese Leute hatten große Ländereien, schöne Häuser und sehr viel Geld. Und dann gab es noch eine andere Gruppe Menschen, und das war die Mehrheit der russischen Bevölkerung, die sehr, sehr arm lebte. Sie mussten für die reichen Leute arbeiten, von ihren Ernten noch etwas abgeben und mussten oft großen Hunger leiden. Dieser Lenin, und mit ihm noch viele andere, wollte dies nun ändern. Er wollte ein Russland schaffen, in dem alle Menschen gleich waren, keiner reicher oder ärmer als der andere. Als Lenin im Jahre 1924 starb, kam ein Mann an die Macht, der diese Idee weiterführte. Dieser Mann, Stalin heißt er, war und ist immer noch sehr grob, viel schlimmer als Lenin es war. Die Idee von einem „neuen" Russland hat er damals von Lenin übernommen. Aber um dieses neue Russland zu schaffen, geht er sehr grausam mit den Menschen um. Er und seine Leute glauben, sie müssen erst einmal alle, die reich sind oder waren, einsperren oder umbringen. Und Papa war einst ein reicher Mann im Dorf. Das wissen sie. Sie wissen alles über uns und unsere Nachbarn im Dorf." Sie holte tief Luft. „Ob Papa jetzt in ein Gefängnis oder in ein Arbeitslager gesteckt worden ist, kann ich euch nicht sagen." Elisabeth unterließ es bewusst, die dritte Möglichkeit zu erwähnen, die höchstwahrscheinlich der Realität entsprach, nämlich, dass Dietrich erschossen werden würde. Sie hatte sich dafür entschieden, ihre Kinder fürs erste Mal in dem Glauben zu lassen, dass ihr Vater noch am Leben sei.

Während dieser geschichtliche Überblick weit über den Horizont ihrer beiden Söhne ging, hatte Elisabeth mit Staunen beobachtet, wie aufmerksam Katharina zugehört hatte. An ihrem Gesichtsausdruck erkannte sie, dass sie das soeben Gehörte in sich aufnahm. Bestimmt würden im Laufe des Tages noch weitere Fragen kommen. Elisabeth hoffte, dass sie diesen gewachsen sein würde.

Und so war es auch. Sie versuchten ihren täglichen Pflichten nachzugehen. Doch es wollte keinem so recht gelingen, sich auf die Arbeit zu konzentrieren. Immer wieder kam Katharina zu Elisabeth in die Küche. Elisabeth sah ihrer Tochter an, dass sie sehr traurig war. Wie gern hätte sie ihre Tochter davor bewahrt haben. Wie gern hätte sie all ihren Kindern eine sorglose Kindheit ermöglicht. Aber das war nicht möglich.

„Mama, und dieser Stalin war heute Nacht hier bei uns?", fragte Katharina am Nachmittag, während sie zum wiederholten Mal in die Küche trat. Der Name Stalin war ihr seit diesem Morgen nicht aus dem Sinn gegangen. Je länger sie über die vergangene Nacht und Mutters Erzählung nachdachte, umso stärker wuchs ihre Wut auf diesen Stalin. Er hatte Papa abgeholt. In ihre Tränen mischte sich Wut.

„Nein, natürlich nicht. Dieser Stalin ist der Herrscher in Russland. Er sagt nur, was getan werden muss, und hat dafür seine Arbeiter. So wie ich neulich am Bahnhof hörte, ist sein erster Gehilfe ein Herr Jeschow. Dieser ist für die ‚Säuberungsarbeiten‘, wie sie es nennen, verantwortlich. Und die NKDW, das ist die Geheimpolizei, führt aus, was Stalin befiehlt. Die Männer, die Papa mitgenommen haben, gehören zur Geheimpolizei.“

„Hm…“ Mit ihren Gedanken schon bei der nächsten Frage, hatte Katharina die Antwort ihrer Mutter wahrgenommen. Sie überlegte kurz und sagte dann zu ihrer Mutter: „Was wohl Dieter und Liese im Moment machen? Sie werden bestimmt auch sehr traurig sein, denn sie haben nicht einmal Abschied nehmen können von Papa.“

An ihre beiden Ältesten hatte Elisabeth auch schon die ganze Zeit gedacht. Wie es ihnen wohl erging? Hatten sie Erfolg gehabt mit ihrer Wohnungssuche und der Bewerbung in der Lehrerbildungsanstalt? Insgeheim tat es Elisabeth schon leid, Dieter zur Ausbildung als Lehrer gedrängt zu haben. Wie gut könnte sie Dieter in dieser Zeit gebrauchen. Doch sie und Dietrich hatten es gemeinsam so entschieden. Sie würde an diesem Beschluss nicht rütteln.

Katharina riss sie aus ihren Gedanken. „Ich geh’ jetzt zu Tante Susi und werde ihr etwas vorlesen.“ „Das ist lieb von dir, Tina! Tante Susi wird sich freuen. Um sie hat sich heute noch keiner gekümmert.“ Seit sie Katharina die Geschichte von Tante Susi erzählt hatte, bemühte sie sich sehr um ihre Tante.

Katharina nahm ein Buch mit biblischen Geschichten in die Hand und setzte sich in die große Stube zu Tante Susi. Sie machte heute etwas, was sie bisher noch nie getan hatte. Sie sprach ihre Tante an. Sie erzählte ihr alles, was in den letzten 24 Stunden passiert war. Vielleicht tat sie es, damit Susi Anteil nahm am Familiengeschehen, vielleicht aber auch einfach nur, um einmal ihr Herz auszuschütten. Soviel bewegte ihr junges Herz. Als sie ihre Geschichte beendet hatte, blickte sie Tante Susi an. Ein Ausdruck tiefer Trauer lag auf ihrem Gesicht. War das möglich? Was sie erzählte, muss Tante Susi, die sonst so teilnahmslos und apathisch dasaß, in ihrer Seele berührt haben. Ob Tante Susi irgendwann ganz zu sich kommen würde? Katharina nahm sich vor, Tante Susi in ihre Gebete mit einzuschließen. Sie würde ab heute nicht nur für ihren Papa, sondern auch für ihre Tante beten.

Nach dem Besuch bei Tante Susi nahm Katharina ihr Tagebuch zur Hand. Ihr Papa hatte ihr damals gesagt, sie solle ihre Gedanken aufschreiben. Schreiben beruhige. Wenn sie niemanden habe, der ihr zuhörte oder sie verstehe, dann solle sie ihr Tagebuch nehmen. Dem Tagebuch könne sie alles erzählen. Das würde ihr helfen, mit ihrer Last fertig zu werden.

Obwohl Katharina insgeheim daran zweifelte, nahm sie sich vor, ab jetzt öfter etwas in ihr Tagebuch zu schreiben.

Katharinas Eintrag

Als ich dieses Tagebuch von Papa geschenkt bekam, dachte ich im Stillen so, was soll ich denn mit einem Tagebuch? Ich erlebe doch nichts Aufregendes. Das war vor sechs Jahren. In der Zwischenzeit habe ich schon so viel Aufregendes erlebt, dass ich mir wünsche, ich könnte ein ganz gewöhnliches Leben führen. Was rede ich von aufregend? Unvorstellbar schrecklich ist, was ich erlebe. Die ganze Welt spielt verrückt. Das, was bisher unrecht und falsch war, scheint auf einmal in Ordnung zu sein. Die Regierung nimmt uns erst unser Hab und Gut und jetzt auch noch unseren Papa. Einfach so. Er hat nichts getan. Und jetzt kommt er ins Gefängnis. Ich verstehe nichts von Politik oder Landesregierung. Aber eines versteh' ich: Dass das, was in unserem Land passiert, eine zum Himmel schreiende Ungerechtigkeit ist! Ich hasse diesen Stalin! Ich hasse alle, die für ihn arbeiten! Ich hasse es, nicht zu wissen, was mich morgen erwartet!

Mein Papa hat mir beigebracht, dass man nicht hassen soll. Aber im Moment kann ich nicht anders. Mein Herz ist voller Wut, Ärger und Hass! Und ich zweifle daran, ob Papa dort im Gefängnis nicht auch hassen wird. Ist es unrecht, wenn ich auf diese Ungerechtigkeit mit meinem Hass antworte? Wer wird mir diese Frage beantworten? Papa ist nicht mehr da. Was sollen wir ohne ihn bloß machen? Was erwartet uns noch an Schrecklichem?

IV.

Motorengeräusch weckte Katharina in der Nacht. Wer das wohl war? Nächtlicher Besuch hatte bisher noch nie etwas Gutes bedeutet. Aber wer wollte jetzt etwas von ihnen? War es wieder der „Schwarze Rabe"? Ihr ältester Bruder war nicht da und Papa war vor fünf Tagen abgeholt worden. Oder wurde Papa etwa wieder nach Hause gebracht? Mit diesem Gedanken sprang Katharina aus dem Bett. Sie hatte wohl noch nicht lange geschlafen, denn es war schon 11 Uhr gewesen, als sie und Wanja endlich zu Bett gegangen waren. Die große Wanduhr im Haus schlug gerade Mitternacht. Bevor sie das Zimmer verließ überlegte sie noch kurz, ob sie Wanja wecken sollte. Sie entschied sich, erst einmal zu untersuchen, wer denn überhaupt gekommen war und was sie wollten.

Auch Elisabeth war durch den Motorenlärm geweckt worden und traf ihre Jüngste nun im Flur. Als sie ihr ins Gesicht schaute, begegneten sich ihre fragenden und ängstlichen Blicke. Dass sie Dietrich zurückbringen würden, daran hatte Elisabeth im Gegensatz zu ihrer Tochter noch nicht gedacht. Tausend Gedanken waren ihr in der letzten Minute durch den Kopf geschossen, aber dass ihr Mann heimkehren würde, schien einfach zu unwahrscheinlich, als dass sie darauf hoffen könnte.

Noch bevor sie die Haustür erreichten, klopfte es auch schon. Es war kein forderndes Klopfen – ganz anders als vor fünf Nächten. War es etwa doch jemand, der gute Absichten hatte?

„Guten Abend! Sind Sie Frau Braun?", fragte eine fremde Männerstimme, als Elisabeth vorsichtig die Tür öffnete. Sie nickte nur. Obwohl der Ton des Mannes nicht unfreundlich war, überkam sie plötzlich ein noch unbehaglicheres Gefühl. „Und das ist Ihre Tochter Liese?" fragte der Mann weiter. Katharina staunte. Woher kannte der Mann die Namen ihrer Familie? Sie wusste nicht, dass die NKDW alles über jeden in Russland wusste.

„Nein, meine Tochter Liese und mein ältester Sohn Dieter sind nicht zu Hause. Dies ist meine Tochter Katharina." „In meinen Akten steht, dass Sie fünf Kinder haben. Wo sind die anderen beiden?" „Sie schlafen. Es ist Mitternacht, sollte Ihnen das entgangen sein!" Elisabeth konnte nicht umhin, ihren Sarkasmus hören zu lassen. Ohne auf den spöttischen Ton in Elisabeths Stimme einzugehen, wandte sich der Beamte nun an Katharina: „Möchtest du deinen Papa wiedersehen?" „Natürlich", kam prompt die Antwort. „Dann weck mal deine Brüder. Wir sind gekommen, um euch zu eurem Papa zu bringen." Im

Gegensatz zu ihrer Mutter zweifelte Katharina keinen Augenblick an der Wahrheit dieser Aussage. Sie lief fröhlich durch den Flur und weckte ihre beiden Brüder. „Wanja, Heini, aufwachen! Wir dürfen zu Papa! Halloooo, habt ihr mich gehört?" Wanja war sofort hellwach. „Was? Zu Papa bringen? Wer? Aber ist es nicht mitten in der Nacht?" Doch Katharina hatte keine Zeit auf seine Fragen einzugehen. Während sie Heini anzog, sagte sie nur: „Zieh dich an, Wanja! Wir haben nicht viel Zeit, sonst fahren die noch ohne uns."

Elisabeth blieb misstrauisch. Während auch sie schnell einige Sachen zusammen packte, überlegte sie fieberhaft, was wohl der wahre Grund dieses Besuches sei. Katharina riss sie aus ihren Gedanken: „Mama, wir dürfen zu Papa. Ist das nicht herrlich?" Elisabeth hoffte nur, dass dieses kindliche Vertrauen nicht enttäuscht werden möge. „Ja, natürlich mein Schatz!" Mehr konnte sie ihrer Tochter in diesem Moment nicht sagen, denn tief im Inneren wusste sie nur zu gut, dass diese Menschen sie nicht zu Dietrich bringen würden. Ihnen stand dasselbe Schicksal bevor wie Tausenden von anderen Russen in dieser Zeit. Arbeitslager – so würde das Ziel heißen!

„Was wird denn mit Tante Susi?" Wanja war es, der seine Mutter wieder in die Gegenwart zurückholte. „Darf die auch mit?" „Ich glaube, dass ist keine gute Idee. Frau Loewen, die zwei Häuser weiter wohnt, wird sich um sie kümmern. Für sie wird unsere Reise wahrscheinlich zu anstrengend." Wanja gab sich mit dieser Antwort zufrieden. Elisabeth hatte gerade in den letzten Tagen mit Anna Löwen darüber gesprochen, dass, im Falle ihnen etwas zustoßen sollte, diese sich um ihre Schwägerin kümmern würde.

Bevor sie ihr Haus verließen, steckte Katharina noch ihr Tagebuch ein. „Nun beeilt euch endlich, Mama!", rief Katharina von der Haustür. Sie hatte Mühe damit, Geduld zu bewahren. Endlich, endlich durfte sie wieder zu ihrem Papa!

Ganz überrascht stellte Katharina fest, dass das Glück nicht nur sie getroffen hatte. Der Wagen, der vor ihrer Haustür gehalten hatte, war schon fast bis auf den letzten Platz besetzt: nur mit Frauen und Kindern. Sogleich erkannte sie auch Olga, ein Mädchen in ihrem Alter. In der Schule hatte sie sich des Öfteren mit ihr unterhalten. Auch Olgas Papa war abgeholt worden, das wusste Katharina. Mit etwas Glück ergatterte sie einen Platz neben Olga. Schon der Blick aus Olgas Augen sagte ihr, dass diese ebenfalls eine gute Nachricht bekommen haben musste.

„Bringen sie dich auch zu deinem Papa?", fragte Katharina sie im Flüsterton. „Ja stell dir vor. Der Beamte hat gesagt, dass wir noch vor morgen früh bei ihm sein werden. Ich freue mich ja so! Seit mehr als einem Jahr habe ich ihn nicht mehr gesehen!" Die Mädchen waren so voller Hoffnung, dass sie die traurigen, harten Gesichter ihrer Mütter nicht wahrnahmen. Diese hatten schon öfters von solchen Aktionen gehört, aber noch nie hatte man den Familien ihre Väter wieder zurückgegeben. Wie konnte das Leben nur so hart mit ihnen sein!

Es war schon beinahe hell, als der mit Frauen und Kindern beladene Wagen zum ersten Mal hielt. Katharina war etwas eingeschlummert und merkte beim Erwachen, dass der Wagen stand. Sie setzte sich aufrecht hin und nahm an der linken Seite des Wagens ein großes Gebäude wahr. Es sah fast aus wie ein Krankenhaus. Oder war es etwa das Gefängnis, in das sie Papa gesteckt hatten? Nach den vielen kleinen Fenstern zu urteilen könnte es das sein. Ihr Herz tat einen Sprung. War sie in der Nähe ihres geliebten Papas? War es endlich soweit, dass sie ihn wieder sehen würde? In ihrer freudigen Erwartung hatte sie nicht gemerkt, dass die Beamten einen Befehl erteilt hatten. Olga stieß sie mit dem Ellbogen an und holte sie zurück in die Wirklichkeit.

Die Männer, die anfangs fast freundlich erschienen, zeigten sich nun von einer ganz anderen Seite. Sie brüllten ihren Befehle und waren äußerst ungeduldig und unfreundlich. „Endstation für alle Kinder!" Katharina musste sich noch einmal vergewissern, ob sie auch richtig verstanden hatte. Hatte der Mann eben gesagt, alle Kinder sollten absteigen? Wieso nur die Kinder? Was würde mit ihren Müttern passieren? Sie musste sich einfach verhört haben. In dieser frühen Morgenstunde nach so einer langen Fahrt in der Nacht wäre das ja nicht verwunderlich. Doch es stimmte! Sie hatte richtig verstanden: Nur die Kinder! Ihre erste Reaktion war, sich zu weigern. Sie würde nirgendwo hingehen ohne ihre Mama!

Die Passagiere erhoben sich nur langsam. Das brachte die Beamten in immer größere Wut! Sie brüllten und begannen schon damit, ihre Gewehre in die Hand zu nehmen. Frauen und Kinder erstarrten vor Angst und Schrecken.

„Tina", rief Elisabeth ihrer Tochter zu. In diesem Durcheinander musste sie sich erst Gehör verschaffen. „Tina, nimm Heini und Wanja und kümmere dich um sie. Lass sie unter gar keinen Umständen alleine, hörst du? Unter gar keinen Umständen!" Katharinas Augen füllten sich mit Tränen. Sie konnte nicht fassen, was hier geschah. „Was ist denn los, Mami? Sie haben gesagt, sie bringen uns zu Papa!" „Ich weiß, mein Schatz, aber es war gelogen. Keine Ahnung, was sie mit uns vorhaben, aber bestimmt bringen sie uns nicht zu Papa. Du musst jetzt ganz tapfer sein, Tina!"

Den letzten Satz hörte Katharina schon kaum noch, denn ein Beamter hatte sie am Arm gepackt und riss sie vom Wagen runter. „Beeil dich, du kleines Miststück! Wir haben nicht ewig Zeit!" Solche Schimpfwörter hatte Katharina nur selten gehört und sie brachten sie noch mehr zum Weinen. Wie konnte Gott so etwas nur zulassen? Oder hatte Gott, wie Dieter manchmal behauptet hatte, sie im Stich gelassen? Der Samen des Zweifels war in Katharinas Herzen gestreut.

Lautes Weinen und Schreien begleitete den abfahrenden Wagen. Nicht nur die Kinder waren verzweifelt. Auch die Mütter weinten untröstlich. Tatenlos mussten sie zusehen, wie man ihnen ihre Kinder wegnahm. Eine Mutter versuchte vom Wagen zu springen. Doch sie erhielt dafür so harte Schläge, dass es niemand sonst auf dem Wagen versuchte, sich den Beamten zu widersetzen. Alle hatten wohl dieselben Gedanken: Was würde mit ihnen geschehen? Würden sie in ein Arbeitslager gesteckt werden? Ach, so viel hatte man bereits von solchen Lagern gehört. Schreckensnachrichten! Jetzt sah es so aus, als würden sie selbst an einen solchen Schreckensort transportiert.

Wanja und Heini zu beiden Seiten ging Katharina mit den etwa 20 anderen Kindern zusammen auf das Haus zu. Wo waren sie überhaupt gelandet? Ein Blick auf Olga sagte ihr, dass diese mindestens genauso enttäuscht war wie sie selber. Auch Wanja hatte ein ganz verheultes Gesicht. Der Anblick ihrer beiden Brüder stimmte sie einerseits noch trauriger, andererseits war sie aber auch froh, dass sie in dieser Situation nicht ganz allein war. Olga war ganz alleine. Ob sie keine Geschwister hatte? Katharina wusste es nicht, nahm sich aber vor, sie bei Gelegenheit danach zu fragen.

In der Eingangshalle des großen Hauses, das Katharina im ersten Moment für ein Gefängnis gehalten hatte, stand eine große russische Frau. Ihr Gesicht war wie versteinert. Kein freundliches Begrüßungswort kam über ihre Lippen. „Hier entlang, ihr dreckigen Kinder! Kommt schon, ich habe keine Zeit für so ein Gesindel", sagte sie auf Russisch. Sie übernahm die Führung der Kindergruppe und verabschiedete damit den Beamten. „Wo sind wir hier?", fragte Wanja Katharina ängstlich. Doch da die Frau sie gleich so streng anschaute, wagte sie nicht ihrem Bruder zu antworten. Sie legte nur tröstend ihre Hand auf seine Schulter.

Die Frau führte sie in einen riesigen Schlafsaal. Der Saal war schon voller schlafender Kinder. Sie gingen an ihnen vorbei und fanden in der hintersten Ecke noch einige leere Matratzen. In einigen kurzen Sätzen auf Russisch machte die Frau ihnen klar, dass sie noch etwa zwei Stunden Zeit hätten, bis die Glocke zum Tagesbeginn läuten würde. Dann verschwand und die Kinder waren sich selbst überlassen.

Der kleine Heini hatte die Lage noch nicht erfasst. Für ihn überstieg dies alles seinen Horizont. „Wo sollen wir denn hier schlafen, Tina? Hier ist ja alles voll. Ich will zu Mama!", jammerte Wanja. ‚Ich bin hier auch nicht freiwillig!' hätte Katharina am liebsten geschrieen. Doch sie zwang sich, ruhig zu bleiben. Ihren Bruder in diesem Moment anzuschreien, hätte sie auch nicht weiter gebracht. Anstatt auf sein Gejammer einzugehen, sagte sie: „Komm Wanja, schauen wir mal, ob wir für uns drei eine Matratze finden."

Es waren nur noch wenig nicht belegte Matratzen vorhanden. Katharina fand aber bald eine leere. Hier legte sie sich mit Heini und Wanja zusammen hin. Nachdem sie sich hingelegt hatten, begann Heini von Neuem zu jammern: „Wo bleibt Mama?" „Mama ist jetzt nicht hier, Heini. Bestimmt kommt sie bald nach. Versuch ein bisschen zu schlafen."

So versuchte sie ihre Brüder und sich selbst zu trösten. Sie war müde. Was hatte die Frau gesagt? Zwei Stunden bis zum Tagesbeginn? Am liebsten würde sie sich hinlegen, einschlafen und die Wirklichkeit einmal für lange vergessen.

Doch bevor sie weiter ihren Gedanken nachhängen konnte, verspürte Katharina auf einmal ein Kribbeln auf ihrem Arm. Und es dauerte nicht lange, bis es sich auf ihrem ganzen Körper breit machte. Wanzen!! Das war ihr erster Gedanke. Und so war es auch. Obwohl es in diesem großen Raum noch beinahe finster war, sah sie es: Hunderte von Wanzen krabbelten auf ihrer Matratze herum! Mit einem Ruck stand sie! Sie schaute auf ihre beiden Brüder; auch sie waren über und über mit Wanzen bedeckt. Es schien, als hätten diese kleinen Biester nur darauf gewartet, dass sich jemand auf die Matratze legen würde. Katharina wurde übel! Sie hatte Mühe damit, sich nicht zu übergeben. Auch wenn es ihnen in den letzten Jahren schon übel ergangen war, Wanzen hatten sie in ihren Betten noch nie gehabt. Sie schaute einige Matratzen weiter auf ein schlafendes Mädchen, das schon bei ihrer Ankunft da gelegen hatte. Auch sie war vollkommen von Wanzen bedeckt. Anscheinend gewöhnte man sich an diesen Zustand. Unglaublich! Katharina bekam eine Gänsehaut! Hier könnte sie bestimmt nicht schlafen! Niemals, niemals würde sie mit Wanzen zusammen schlafen können. Darin war sie sich ganz sicher.

Wanja, der zwei Stunden zuvor müde in sein „Bett" gefallen war, hatte von allem nichts gemerkt. Die Angst, die Ungewissheit und die psychische Anspannung hatten seine letzten Kräfte gefordert. Katharina hatte währenddessen kein Auge zugetan. Sie hatte die letzte Nacht vor ihrem inneren Auge Revue passieren lassen. Immer und immer wieder hatte sie, wie seit dem Verschwinden ihres Vaters, sich in den Arm gekniffen, weil sie glaubte, alles sei nur ein böser Traum und sie würde erwachen und bei ihren Eltern sein. Doch wie jedes Mal, wurde sie auch jetzt enttäuscht.

„Tina, es juckt mich am ganzen Körper!", jammerte Wanja beim Erwachen. In diesem Augenblick erblickte auch er die Wanzen. „Was ist das? Tina, schau mal. Die ganze

Matratze ist voll von diesen kleinen Tieren." Er brüllte fast vor Entsetzen. Seine Augen wurden immer größer. So etwas Ekliges hatte er noch nie gesehen. „Was ist das, Tina?", fragte er noch einmal, fing verzweifelt an zu weinen und von einem Bein auf das andere zu hüpfen. Die anderen Kinder, die mittlerweile auch schon aufgewacht waren, schauten sie mit leeren Blicken an. Die Abscheu vor den Wanzen hatten sie schon längst überwunden. Katharina nahm ihn in den Arm und streichelte ihm wortlos den Rücken. Womit hätte sie ihn trösten sollen? Die Zukunft sah trostlos aus. Da machte sie sich keine Illusionen.

∾

„Komm schon, du kleines Biest! Alle müssen es machen. Und du wirst da keine Ausnahme bilden!" Die Aufseherin war schon nervös. Am ersten Tag hatte sie damit angefangen, den Neuankömmlingen die Haare zu scheren. Zu den Wanzen hatten sich gleich auch noch Läuse gesellt. Katharina wehrte sich. Sie liebte ihr Haar und sie würde es auf keinen Fall schneiden lassen.

Noch nie vorher hatte sie Läuse gehabt. Doch schon bemerkte sie, wie einige Läuse an einer ihrer langen Haarsträhnen entlang wanderten. Sie wollte ihr langes Haar aber nicht opfern. Aber es half nichts, sich zu wehren – die Aufseherin hatte mit keinem Erbarmen. Jeder Kopf, ob langes oder kurzes Haar, wurde geschoren. Glücklicherweise hatte Katharina keinen Spiegel, in dem sie ihr Schreckensbild sehen konnte. Aber auch ohne ihn spürte sie, dass sie furchtbar aussah. Alle Kinder sahen gleich aus: Die gleichen Kleider und derselbe kahle Schädel.

Obwohl sie es nicht gern zugab, war Katharina mit der Zeit froh, dass man sie ihres schönen vollen Haares beraubt hatte. Das Krabbeln der Läuse war einfach nicht auszuhalten! Wenigstens tags hatte sie jetzt Frieden. Nachts dagegen waren die Wanden ihre steten Begleiter. Das war schon schlimm genug.

Der Tagesablauf in ihrem neuen Heim sah immer gleich aus: Morgens früh aufstehen, den ganzen Tag lang hart arbeiten und abends todmüde ins Bett fallen. Tagsüber war sie von ihren Brüdern getrennt. Sie musste in der Küche helfen, da sie eines der ältesten Mädchen war. Ihre Hauptarbeit bestand darin, Kartoffeln zu schälen und den Fußboden zu schrubben. Sie hasste diese Arbeit, aber sie sah schnell ein, dass sie keine Wahl hatte.

Heini wurde tagsüber mit den anderen Kindern beaufsichtigt, während Wanja auf dem Feld arbeitete. Seine Hände waren nach einer Woche voller Blasen. Er war es nicht gewohnt so hart zu arbeiten. Denn zu Hause hatten sie schon seit der *Entkulakisierung* nicht mehr ihre eigenen Felder bearbeitet, wo er eventuell das Arbeiten hätte lernen können. Nur Kartoffeln hatten sie für ihren eigenen Bedarf anpflanzen dürfen. Außerdem war er ja gerade erst 11 geworden – ein Kind!

„Meine Hände tun mir so verdammt weh!", jammerte Wanja jeden Abend. Katharina hatte sein Jammern schon satt. Es ging ihr so auf den Wecker. Sie konnte doch schließlich auch nichts dafür, dass sie hier in diesem gottverlassenen Heim waren. Am liebsten hätte sie ihn geohrfeigt oder zumindest einmal richtig die Meinung gesagt. Stattdessen sagte sie: „Wanja, hör bitte auf zu jammern. Das macht alles nur noch schlimmer." Zu Hause hatte sie einmal beobachtet, wie Mama Dieters Hände versorgt hatte, nachdem er tagelang auf dem Feld gearbeitet hatte. „Komm mal her, ich schau mir deine Hände einmal an." So gut es ging behandelte sie jetzt am späten Abend die Hände ihres Bruders. Sie wusste, dass es schlimm werden könnte, sollten sich seine Hände entzünden.

Und mitten in diesem Geschehen begann Katharina, immer stiller und nachdenklicher zu werden. Sie sprach wenig und dachte ständig über irgendetwas nach. Nicht einmal Olga, mit der sie in dieser Zeit schon so etwas wie eine Freundschaft geschlossen hatten, kam an sie heran. Einzig und allein Heini gelang es zwischendurch, seiner Schwester ein Lächeln zu entlocken. Ihm ging es gut, er war unter guter Aufsicht und hatte sogar schon an Gewicht zugenommen. Das Essen war im Heim wirklich gut, na ja, wenigstens war immer genügend von allem da.

Katharina hingegen hatte an Gewicht verloren. Sie hatte einfach keinen Appetit. Sie verfiel immer wieder in schwermütige Gedanken. Was wohl ihre Mama machte? Ob sie sie irgendwann wieder sehen würden? Hatte man sie tatsächlich zu Papa gebracht? Auch an Tante Susi dachte Katharina. Wie gern würde sie sich einmal wieder zu ihr setzen und ihr etwas aus ihren Büchern vorlesen. Und Liese und Dieter – ob die wohl mittlerweile schon gemerkt hatten, dass ihre gesamte Familie verschwunden war? Würden sie sie jemals wieder sehen?

V.

Liese war währenddessen nach Hause zurückgekehrt und hatte ein leeres Haus vorgefunden. Die schlimmsten Ahnungen waren in ihr hochgekommen. Sofort hatte sie Frau Loewen aufgesucht und bei ihr dann Tante Susi vorgefunden. Zumindest ein Mitglied der Familie!

„Sie sind alle abgeholt worden, Liese! Es tut mir leid. Wir haben es erst am nächsten Morgen gemerkt und sind gleich rüber, um Tante Susi zu holen." „Aber wohin? Was wollen sie mit einer ganzen Familie? Die Kinder sind doch noch viel zu klein zum Arbeiten." Liese war den Tränen nahe.

„Setz dich erst einmal hin, Liese. Ich erzähl' dir einmal alles, was in der Zeit, wo du und Dieter weg gewesen seid, passiert ist. Wo ist übrigens Dieter?" Obwohl Liese im Moment nicht über Dieter sprechen wollte, antwortete sie höflich: „Er hat eine Stelle bekommen in der Lehrerbildungsanstalt und ist in Halbstadt geblieben."

„Kurz nachdem ihr weggegangen seid, hat man euren Vater geholt", begann Frau Loewen. Und dann erzählte sie Liese, wie verzweifelt Elisabeth gewesen war. „Fünf Tage danach hat man sie dann alle geholt. Wahrscheinlich hat man ihnen erzählt, dass man sie zum Vater bringen wolle. Das ist nämlich meistens ihre Geschichte. Aber glauben tut's keiner."

„Ich werde sie finden!" Liese war schon immer die Entschlossene gewesen. Sie würde alles daransetzen, um ihre Geschwister und ihre Mutter zu finden, auch wenn sie dafür das letzte Geld dafür opfern müsste!

VI.

Katharina glaubte, ihren Augen nicht zu trauen. Ihre Unterwäsche war ganz rot. Es gab keinen Zweifel, es war Blut! Sie war dabei auszubluten. Da war sie sich ganz sicher. Was sollte sie tun? Wie konnte sie ihre Blutung aufhalten? Noch nie hatte sie von dieser

56

Krankheit gehört. Und jetzt würde sie sterben! ‚Ich will nicht sterben! Auch wenn das Leben noch so schrecklich ist hier im Heim ohne Mama und Papa. Sterben will ich noch nicht. ‚Bitte lieber Gott, lass mich noch nicht sterben!', so betete sie den ganzen Tag.

Bei der Arbeit in der Küche konnte sie sich an diesem Tag nicht konzentrieren. Ständig dachte sie an das Blut und daran, dass sie sterben würde. Bei ihrer Arbeit in der Küche war sie so unkonzentriert, dass etwas Schlimmes passierte. Als Wanja am Abend vom Feld kam, fand er seine Schwester schwer verletzt auf der Pritsche liegend vor. Wunden, Striemen und blaue Flecken an Kopf, Rücken und Armen.

Katharinas Eintrag

Heute war ein schlimmer Tag. Ich weiß jetzt, dass ich bald sterben werde. Ich blute nämlich aus. Es ist einfach schrecklich. Ich blute und blute und es hört einfach nicht auf. An nichts anderes kann ich mehr denken. Deshalb passierte das heute auch in der Küche. Ich war so in Gedanken, dachte, dass ich bald sterben würde, dass ich überhaupt nicht aufpasste, was ich tat. Gerade hatte ich eine große Schüssel Kartoffeln geschält und wollte sie neben den Ofen stellen. Da glitt sie mir aus der Hand. Alle Kartoffeln rollten über den schmutzigen Boden. Im ersten Moment dachte ich, es sei nicht so schlimm. Kartoffeln kann man ja wieder waschen. Doch da hörte ich hinter mir auch schon die Schritte der Köchin. Sie ist eine schreckliche Frau. Ständig schimpft sie mit uns Kindern. Noch nie habe ich sie lächeln sehen. Ich schätze mal, sie weiß nicht einmal, was Lächeln ist.

Sie stand also nun hinter mir und hatte alles mit angesehen. Während ich auch schon die ersten Schläge auf meinem Rücken spürte, hörte ich ihren Wortschwall über mich hereinbrechen. „Dir werd' ich's zeigen, du kleines Luder! Unsere wertvollen Kartoffeln auszuschütten. Glaubst wohl, wir haben von allem im Überfluss. Dieses Gesindel! Nur weil ihr reich seid, glaubst du, etwas Besseres zu sein?" Sie redete und schlug. Und während sie schlug, spürte ich den Hass in mir aufsteigen. Ich sagte ja schon, dass Papa immer zu uns sagte, man solle nicht hassen. Aber er kannte auch unsere Köchin nicht. Sie ist ein Monster. Ich hasse sie! Ich hasse auch die Männer, die Mama und Papa weggeholt haben! Ich hasse dieses verfluchte Land!

Irgendwann, ich spürte, dass Blut an meinem Rücken hinunterfloss, hörte ich wie von weitem eine Stimme: „Hören Sie auf, Sie erschlagen das Kind ja! Was ist denn in Sie gefahren? Wir können uns hier keine Toten erlauben. Wir brauchen jede Hand, verstanden?!" Die Heimleiterin war wohl zufällig vorbeigekommen und hatte die Strafaktion entdeckt. Das Monster hörte auf zu schlagen, denn sie musste ja ihrer Chefin gehorchen. Ich schwankte in den Waschraum und versuchte, das Blut abzuwaschen. Dabei dachte ich: Es ist doch egal, ob ich an einer Stelle mehr blute oder nicht. So geht's nur schneller.

Ich ließ mich auf meine Pritsche fallen und fiel in einen unruhigen Schlaf. Wanja weckte mich, als er kam. Im Flüsterton erzählte ich ihm, was passiert war.

Jetzt schlafen all die anderen und ich habe mich über mein Tagebuch hergemacht. Es tut gut, die eigenen Gefühle zu Papier zu bringen. Da kann mir wenigstens keiner verbieten zu schimpfen!

VII.

„Steh auf, Elisabeth. Wenn sie dich hier liegen sehen, wird alles nur noch schlimmer!" Katja, ihre Arbeitskollegin, versuchte Elisabeth vor noch schlimmeren Erfahrungen zu bewahren. „Ich versuch es ja, aber ich kann nicht, ich habe einfach keine Kraft mehr." Katja griff ihr unter die Arme und schleppte sie den Weg vom Steinbruch bis zu den Baracken.

Ein langer Arbeitstag lag hinter ihnen. Morgens früh auf und abends spät zurück. Und in der Zwischenzeit wurde gearbeitet – hart gearbeitet. Die Arbeit im Steinbruch war nichts für Frauen. Es war schwerste Knochenarbeit, Steine abzuschlagen und sie nach draußen zu transportieren. Doch in diesem Steinbruch arbeiteten ausschließlich Frauen. Manche waren noch einigermaßen mutig, manche schimpften und fluchten, manche waren resigniert und wieder andere schon so krank, dass sie wie lebende Leichen aussahen.

Obwohl Elisabeth erst seit vier Wochen da war, gehörte sie schon zur letzten Gruppe. Ihre Gesundheit war dermaßen angegriffen, dass sie immer stärker daran zweifelte, ihre Kinder je wieder zu sehen.

„Denk an deine Kinder. Du musst für sie stark sein, Elisabeth!" Katja setzte alles dran, ihr Mut zuzureden. Katja war keine Mennonitin, sondern Russin. Doch das machte diesen Frauen nichts aus. Sie hatten beide dasselbe Schicksal. Katjas Mann war zwar Russe und überhaupt nicht wohlhabend, doch man hatte ihm vorgeworfen, ein Verräter und Feind des kommunistischen Systems zu sein. Genau wie Dietrich hatten sie ihn nachts in aller Stille geholt. Das war schon vor zwei Jahren gewesen. Nie hatte sie wieder etwas von ihm gehört. Ihre Ehe war kinderlos geblieben. „Wir hätten gern Kinder gehabt", hatte Katja ihr einmal erzählt, „aber es hat nicht geklappt. Vielleicht ist es auch gut so. In diesem verdammten Russland Kinder zu haben, ist bestimmt nicht gut."

Zwischen den beiden Frauen bahnte sich eine Freundschaft an. Sie halfen sich gegenseitig, wo sie nur konnten und sprachen einander Mut zu, auch wenn sie selbst keinen mehr hatten. Abends, wenn sie etwas freie Zeit hatten, erzählten sie sich gegenseitig Geschichten und Erlebnisse aus dem eigenem Leben. Elisabeth konzentrierte sich dabei hauptsächlich auf ihre Kinder.

An diesem Abend hatte sie jedoch keine Lust zu erzählen. Nachdem Katja sie irgendwie bis zur Baracke gebracht hatte, war sie auf ihre Pritsche gefallen und wäre am liebsten eingeschlafen und nicht mehr aufgewacht. Katja merkte, wie schlecht es ihrer Freundin ging, abgesehen von den körperlichen Beschwerden, die sie schon seit langem plagten. Sie versuchte, irgendwelche schönen Erinnerungen in ihr hervorzurufen, um ihre Stimmung aufzuheitern.

„Neulich hast du mir erzählt, dass deine Katharina ein aufgewecktes Mädchen ist. Erzähl mir doch noch mehr von ihr", bat Katja, und hoffte, Elisabeth in ein Gespräch zu verwickeln. Der Versuch fiel auf fruchtbaren Boden. Sie sah, wie in Elisabeths Augen ein Hoffnungsschimmer aufleuchtete. Es dauerte eine Weile, bis sie zu sprechen begann: „Meine Schwangerschaft mit Katharina war besonders schwierig. Es war wie ein Wunder, dass sie lebend zur Welt kam und dass auch ich die Geburt überlebte. Deshalb sah ich sie immer als etwas ganz Besonderes an. Und das war sie auch. Egal was es war, sie lernte ganz schnell. Ich erinnere mich noch an ihren ersten Schultag. Sie war so aufgeregt, und als sie mittags nach Hause kam, sang sie mir schon gleich ein neues Lied vor – auf Russisch. So ist sie!" Noch mehr Erinnerungen kamen hoch und ließen Elisabeth wieder mutiger werden.

VIII.

„Das ist nicht möglich! Ich trau meinen Augen nicht, Liese! Du bist da, du kommst uns holen, oder?" Katharina Worte überschlugen sich. Wie hatte Liese sie gefunden? Hatte sie etwa auch schon Mama und Papa gefunden? So viel wollte sie von ihrer großen Schwester wissen. Aber im Moment musste sie sich zusammennehmen. Sie standen im Büro der Heimleiterin, die sie einige Minuten zuvor hatte rufen lassen. Ihr erster Gedanke war gewesen, dass sie nun ihre Strafe dafür bekommen würde, dass sie die Kartoffeln hatte fallen lassen. Doch als sie das Büro betrat, war ihr zu ihrer großen Überraschung Liese entgegengekommen. Vergessen waren in diesem Moment die Schmerzen, die sie immer noch hatte, und die Angst, in den nächsten Tagen sterben zu müssen.

„Halt, halt, mal nicht so eilig." Die Heimleiterin sprach nicht unsympathisch, aber streng. Kein freundlicher Zug war auf ihrem Gesicht zu erkennen. „Deine Schwester hat beantragt, euch aus diesem Heim rauszuholen. Das ist jedoch nur erlaubt, wenn sie aufweisen kann, dass sie eine Arbeitsstelle hat und euch somit versorgen kann. Da eure Eltern beide nicht mehr da sind, ist sie hauptverantwortlich für euch Geschwister." Katharina schoss es heiß durch den ganzen Körper. Was hatte diese Frau gemeint, wenn sie sagte ‚nicht mehr da sind'? Bedeutete es etwa, ihre Eltern waren beide gestorben? Sie wagte jedoch nicht zu fragen.

„Hör zu, Tina", begann Liese. „Ich muss also noch einmal nach Hause, um alles zu organisieren. Aber ich komme bald wieder und hole euch ab." Sie hätte gern noch mehr gesagt, doch die Leiterin mahnte schon. „So, und nun verschwinde. Es ist Zeit, dass du wieder an deine Arbeit gehst!"

Gemeinsam verließen die beiden Schwestern das Zimmer. Sie wollten auf keinen Fall diese Gelegenheit, irgendwann wieder vereint zu sein, dadurch zerstören, dass sie einer

Vorgesetzten nicht gehorchten. Bevor sie sich an der Tür trennten, fragte Katharina ganz leise: „Und Mama?" Doch da die Heimleiterin schon hinter ihnen war, zuckte Liese die Achseln. Für ein längeres Gespräch blieb keine Zeit. Katharina musste weiter mit der Ungewissheit leben.

IX.

Nach ihrem Besuch im Heim setzte Liese alles daran, ihre Geschwister aus dem Heim herauszuholen. Sie zu finden war nicht so schwer gewesen. Bei einigen Behörden hatte sie nachgefragt und auch schon bald die nötigen Informationen erhalten. Doch über ihre Mutter hatte sie noch keine Auskunft bekommen. Aber sie würde nicht aufgeben, würde weiter fragen und suchen, bis sie sie gefunden hatte!

Auf dem Heimweg machte sie sich Gedanken, wie sie an eine Arbeitsstele kommen könnte. Sie würde sich im Kolchos bewerben. Das bedeutete, dass sie den ganzen Tag weg sein und hart arbeiten müsste. Ihre Geschwister müssten für sich alleine sorgen, aber sie wären wenigstens zu Hause.

Als erstes würde sie einmal Dieter schreiben, ihm ihre Lage schildern und ihn bitten, nach Hause zu kommen. Es war einfach zu ungerecht, dass er studieren würde und sie sich um alles kümmern müsste. Bei aller Bruderliebe, das ginge zu weit!

„Du kannst auf dem Feld arbeiten, da ist im Moment viel zu tun", hatte ihr der Kolchosvorsteher noch am selben Tag erklärt. Das war zwar nicht die Arbeit, die sie sich gewünscht hatte, aber das war ihr in diesem Moment egal. Hauptsache Arbeit!

„Mindestens zwei Wochen musst du arbeiten, bis ich dir ein Schreiben ausstellen kann", hatte der Vorsteher gesagt, nachdem sie um eine Arbeitsbescheinigung gebeten hatte. Das bedeutete warten! Ihre Geschwister würden auch warten, besonders Katharina. Aber vielleicht könnte sie sie in dieser Zeit besuchen.

„Dieter, bist du es?" Katharina schrie es fast heraus. Kam da Dieter, ihr Bruder? Sie hatte eine bekannte Gestalt den Hof des Kinderheimes heraufkommen sehen. Sie arbeitete allein in der Küche und hatte zufällig einen Blick aus dem Fenster geworfen, als jemand, der ihr bekannt vorkam, den Hof betrat. Natürlich hatte Dieter sie nicht gehört. Das Fenster war verschlossen. Zu dieser Jahreszeit, sie hatten mittlerweile schon wieder November, wurden die Fenster selten geöffnet. Man war froh, wenn man im Haus selber nicht zu sehr fror.

Soll ich rauslaufen, überlegte Katharina fieberhaft. Die Köchin war im Moment nicht in der Küche. Wenn sie hinauslief, riskierte sie erneut Schläge. Aber die Neugierde und die Spannung waren einfach zu groß. „Ich lauf rüber und schau nach, koste es, was es wolle", sagte sie leise und lief auch schon zur Tür hinaus und die Treppen hinunter.

Die ihr bekannte Gestalt hatte unterdessen schon den Flur betreten. Es war Dieter! Katharina hatte keine Zweifel mehr. Sie lief auf ihn zu und umarmte ihn. „Hallo, Tina, da bist du ja", begrüßte er sie. Obwohl er sich freute, seine Schwester wiederzusehen, war ihm dieser stürmische Begrüßungsakt doch eher peinlich.

„Kommst du mich holen? Hast du was von Mama gehört? Ist Papa immer noch im Gefängnis?" Die Fragen sprudelten einfach aus ihr heraus. „Langsam, langsam, Schwesterchen. Ich spreche erst einmal mit der Heimleitung und dann können wir uns unterhalten."

Nach einigen Minuten war es soweit: Die Heimleiterin hatte die Erlaubnis gegeben, dass Dieter seine Geschwister mitnehmen könne. Dieter war schon seit einem Monat zu Hause. Doch mit dem Schreiben, das er und Liese brauchten, um ihre Geschwister zu holen, war es komplizierter gewesen, als sie gedacht hatten. Die Kolchosverwaltung hatte immer wieder neue Ausreden gefunden, ihnen das Papier nicht zu geben. Liese war dem Verzweifeln nahe gewesen, als Dieter endlich gekommen war, und dann hatte es noch einen ganzen Monat gedauert. Doch nun war es endlich soweit. Von den Eltern hatten sie leider immer noch nichts in Erfahrung bringen können.

„Da sind wir." Katharina war mit ihren beiden Brüdern an der Hand zu ihm getreten. Dieters erster Blick fiel auf Wanjas entzündete Hände. Was hatten sie seinem kleinen Bruder angetan? Wut stieg in ihm hoch, doch er beherrschte sich. „Kommt, lasst uns hier verschwinden, bevor die es sich noch anders überlegen."

Mit einem kleinen Häufchen Elend kam Dieter nach einigen Stunden Fahrt zu Hause an. Während der Reise hatte keiner von seinen Geschwistern etwas gesagt. Heini hatte während der ganzen Zeit geschlafen.

„Da seid ihr ja", begrüßte sie Liese auf ihrem Hof. Es war mittlerweile schon dunkel geworden und sie hatte ihre Arbeit im Kolchos beendet. Sie umarmte ihre Geschwister. Keiner hatte etwas zu sagen. Sie saßen einfach da und weinten. Die Anspannung der letzten Monate lastete schwer auf allen. Etwas mehr als drei Monate waren Katharina, Wanja und Heini in diesem Heim gewesen. Alles hatten sie in dieser Zeit kennen gelernt: Hunger, Misshandlung, schwerste Körperarbeit, Spott und Hohn. Dazu kam immer noch die Ungewissheit, was mit ihren Eltern geschehen war. Waren sie noch am Leben? Würden sie sie wiedersehen?

„Was haben sie mit euch gemacht?", fragte Liese. Auf Katharinas Armen und Rücken hatte ein Wutanfall der Köchin deutliche Spuren hinterlassen. Auch Wanja hatte wiederholt so starke Schläge bekommen, dass Striemen auf seinem Rücken zu sehen waren. „Diese Schweine." Dieters Wut steigerte sich immer mehr. Diese verfluchten Russen kannten überhaupt kein Erbarmen. Nicht einmal mit Kindern! Einzig und allein Heini war putzmunter. Er war sogar etwas dicker geworden.

„Wieso fährst du Mama nicht auch holen, Dieter?" Dieter und Liese sahen sich an. Katharina sah diesen Blick und ahnte Schlimmes. „Ist Mama tot? Und Papa, haben die ihn auch erschossen wie Herrn Sawatzky?" Katharina geriet in Panik. Eigentlich wollte sie die Antwort gar nicht hören. „Beruhige dich, Tina! Dieter und ich haben unser Bestes getan. Aber wir konnten leider noch nichts erfahren, was mit Mama und Papa geschehen ist." Das war zwar keine gute Nachricht, aber immerhin bestand die Möglichkeit, dass sie noch am Leben waren.

Bevor die fünf Geschwister sich schlafen legten, sagte Dieter: „Wir müssen jetzt alle stark sein. Sonst schaffen wir es nicht!"

Katharina weinte sich in den Schlaf. Sie war froh, wieder mit allen Geschwistern zusammen zu sein, aber für sie war das, was sie in den letzten anderthalb Jahren erlebt hatte, einfach zu viel. Wie so oft schon dachte sie auch an diesem Abend wieder: Kann es eigentlich noch schlimmer kommen?

Dritter Teil
1940

I.

Liebenau lag in seiner schönsten Frühlingspracht. Überall wuchs und blühte es. Nach einem langen Winter zeigte sich dieses schöne Dorf wieder einmal von seiner besten Seite. Wäre nicht schon so viel Leid über sie hereingebrochen, wären die Bewohner zufriedene und glückliche Menschen gewesen. Doch das schöne Wetter und die blühende Landschaft konnte die Liebenauer nicht aufheitern. Zu viel Schweres hatten sie erleben müssen. Auf fast jedem Hof fehlte der Vater. Die heranwachsenden Söhne mussten auch jeder Zeit damit rechnen, abgeholt zu werden. Die Spannung im Dorf stieg immer weiter an. Keiner traute dem anderen. Würde man nicht selber auch jemanden verraten, wenn man dabei die eigene Haut retten könnte? Über Verhaftungen traute man sich gar nicht zu sprechen. Man sprach fast nicht mehr miteinander. Man wusste nie, ob die Person, der man gerade begegnete, nicht ein Spitzel für die Regierung war. Gottesdienste wurden schon seit Jahren nicht mehr gehalten. Der Glaube an einen Gott war nicht erlaubt. Viele Väter sprachen trotzdem mit ihren Kindern darüber und wurden deshalb verbannt. Die prächtigen Gotteshäuser verkamen oder wurden als Warenlager oder Klubhäuser benutzt. Von Gemeinschaftsleben war keine Rede mehr. Jeder dachte nur noch an sich und wie er mit seiner Familie am Leben bleiben könnte.

Dann hörten die Mennoniten der russischen Siedlungen, dass Deutschland verschiedenen Ländern den Krieg erklärt hatte. Würden sie auch Russland angreifen? Einerseits sah man dem mit Entsetzen entgegen, denn, was würde dann mit ihnen passieren? Andererseits hoffte man auf ein schnelles Kommen der Deutschen. Das wäre ihre Rettung, so dachte man nicht nur in Liebenau.

***

Katharinas Eintrag

So lange habe ich dich nun schon nicht zur Hand genommen. Aber jetzt ist es endlich mal wieder so weit. Sehr viel ist passiert in dieser Zeit. Und gestorben bin ich nicht. Irgendwann habe ich aufgehört zu bluten. Ich war so erleichtert. Doch als es nach einigen Wochen wieder anfing, habe ich all meinen Mut zusammen genommen und mit Liese darüber gesprochen. Sie lachte nur und sagte: „Du Dummerchen, das ist doch normal bei uns Frauen!" Ich war beleidigt. Wie soll ich wissen, was bei Frauen normal ist und was nicht. Es sagt mir ja niemand etwas. Wieso ich blute, weiß ich immer noch nicht. Aber zumindest weiß ich jetzt, dass ich deshalb nicht sterben muss.

Wir waren fast ein Jahr als Geschwister alleine. Dann plötzlich, wir hatten unsere Hoffnung schon fast aufgegeben, stand unsere Mama auf dem Hof. Sie bestand nur noch aus Haut und Knochen. Obwohl wir uns alle sehr freuten, dass sie wieder da war, waren wir schockiert. Das konnte doch nicht unsere Mama sein! Sie sah schrecklich aus! Und dazu war sie noch so traurig und mutlos. Das passte gar nicht zu ihr. Über die Zeit, die sie weg gewesen war, wollte Mama nicht sprechen. Sie erzählte uns auch nicht, wie und warum sie mit einem Mal wieder bei uns war. Als wir merkten, dass Mama noch trauriger wurde, wenn wir auf dieses Thema zu sprechen kamen, hörten wir auf zu fragen. Das Komische war, dass auch sie gar nicht fragte, wie es uns ergangen war und seit wann wir wieder auf unserem Hof waren. Ich hab mich darüber gewundert. Sowieso wundere ich mich sehr über Mama. Was sie wohl alles erlebt hat? War es bei ihr auch so furchtbar wie in dem Heim, wo wir waren? Sie ist nicht mehr die Mama, die wir früher hatten. Aber sie ist und bleibt unsere Mama. Und wir bemühen uns um sie und helfen ihr dabei, dass sie wieder zu Kräften kommt. Vielleicht wird sie eines Tages auch wieder lachen können.

In der Zeit nach ihrem Heimkommen lag Mama viel im Bett. Liese versorgte uns auch weiterhin alle. Und sie kümmerte sich rührend um Mama. Auch Heinrich, der ja mittlerweile schon neun geworden war, saß viel bei ihr und munterte sie mit seinen Geschichten auf. Er war sehr gewachsen, seit Mama ihn das letzte Mal gesehen hatte.

Als Familie geht es uns gut. Natürlich vermissen wir unseren Papa sehr. Von ihm haben wir noch nichts wieder gehört. Aber wir anderen sind ja alle zusammen. Die Mama wird *auch schon wieder werden. Sie ist jetzt bereits ein Jahr wieder zu Hause und sieht schon viel besser aus. Und lachen wird sie auch eines Tages wieder.*

Ach ja, etwas ganz Wichtiges hab ich noch nicht erwähnt: Liese hat geheiratet! Wir haben einen Schwager bekommen. Jakob heißt er und Liese heißt jetzt nicht mehr Braun, sondern Friesen, Liese Friesen. Anfangs war ich dagegen, dass sie heiraten. Das würde ja bedeuten, dass Liese wegziehen würde. Aber als sie uns sagten, dass sie in Opas Haus, das ja praktisch auf unserem Hof liegt, ziehen würden, war ich einverstanden. Schließlich weiß ich ja auch schon, dass man irgendwann einen Mann haben will. Und der Jakob ist ganz sympathisch.

Ich bin mittlerweile schon 16 Jahre alt. Eigentlich müsste ich schon längst darüber nachdenken, was ich studieren möchte. Aber so wie es jetzt in Russland aussieht, glaub ich nicht, dass ich irgendwann die Gelegenheit für ein Studium bekomme. Russland ist seit kurzem in Krieg mit Deutschland. Dieter sagt, es sieht gar nicht gut aus für uns. Wir sind ja schließlich Deutsche, die in Russland wohnen. Das bedeutet, wir sind der Feind unseres eigenen Landes. Das könnte böse enden für uns. Wer weiß, was uns noch alles erwartet?!

„Katharina, wo bist du?" Mit lauten Rufen wird die 16-Jährige aus ihren Träumen gerissen. Sie war mit ihrem Eintrag schon eine Weile fertig, doch saß sie immer noch unter der großen Eiche, die hinter dem Haus stand, und träumte vor sich hin. Wenn sie schrieb, wollte sie nicht gestört werden. Dann lebte sie in einer ganz anderen Welt. Niemandem sonst konnte sie ihre Gefühle und Gedanken anvertrauen als ihrem Tagebuch. Diese Stunden waren sehr kostbar für sie.

Und jetzt rief Liese nach ihr. Was wollte sie denn schon wieder? Sie hatte ihre Arbeiten doch alle getan. Manchmal wollte sie einfach mal allein sein. Konnte das denn niemand verstehen? Widerwillig rief sie zurück: „Hier hinter dem Haus bin ich. Was fehlt denn?" Ihre Schwester Liese antwortete: „Komm doch mal her!"

Langsam erhob sich Katharina und schlenderte, immer noch etwas verärgert, dahin, von wo sie Lieses Stimme vernommen hatte. Als sie um das Haus ging, blieb ihr vor Staunen der Mund offen stehen. Das hatte sie seit Jahren nicht mehr gesehen: Mama saß draußen auf einem Stuhl und lächelte sie an. Das gab's doch nicht! Mama lächelte wieder! Katharina vergaß, dass sie sich eben noch geärgert hatte und lief zu ihrer Mutter. Sie umarmte sie stürmisch. Es dauerte keine fünf Minuten und die ganze Familie hatte sich versammelt: Dieter, Liese und Jakob, Wanja, Katharina und Heinrich. Es war ein Freudenfest! Sie konnten kein Festessen vorbereiten, aber auch ohne ein Essen war es der schönste Tag seit langem!

Liese war gerade im Begriff, ihrer Familie eine Neuigkeit zu erzählen, da begann Heini mit irgendeiner lustigen Geschichte. Sie ließ es also vorerst. Wahrscheinlich war es sowieso besser, wenn sie erst einmal mit Jakob darüber sprach.

Katharina war froh. Die Mama war auf dem Weg zur Besserung. Alles würde wieder gut werden!

„Jakob, könnten wir uns heute Abend etwas Zeit für uns nehmen? Ich würde gern mit dir über eine Sache sprechen." Mit diesen Worten verabschiedete Liese ihren Mann Jakob. Es war ein hartes Leben für sie. Beide arbeiteten sie im Kolchos und hatten nur sehr wenig Zeit füreinander. Doch sie liebten sich, das war die Hauptsache.

„Klar mein Schatz!" Und schon war Jakob durch die Tür. Liese erledigte noch einige Kleinigkeiten im Haushalt und machte sich dann ebenfalls auf den Weg zur Arbeit. Heute, ja heute würde sie es ihm sagen. Es bestand kein Zweifel mehr! Oh, wie sie sich freute!

Wie oft hatte sie an diesem Abend schon zur Uhr geschaut? Liese wusste es nicht. Schon viele Male. Sie wartete und wartete. Jakob hatte versprochen, sich für sie Zeit zu nehmen.

Jetzt war es bereits dunkel und er war immer noch nicht da. Liese musste aufpassen, dass sie sich nicht ärgerte.

Plötzlich hörte sie Schritte. Sie lief zur Haustür, riss sie auf und sah – Dieter. „Ach du bist es. Ich dachte es wäre Jakob. Er hatte versprochen, früher zu kommen. Keine Ahnung, wo er mal wieder bleibt." Man hörte den Missmut in ihrer Stimme. Eigentlich wollte sie Dieter gar nicht hereinbitten, da sie mit Jakob alleine sein wollte. Und der würde ja jeden Augenblick heimkommen. Doch sie erkannte sofort, dass mit Dieter etwas nicht stimmte. Was konnte passiert sein? Mit einer Handbewegung deutete sie an, dass er reinkommen solle. Sie setzten sich an den Esstisch. Dieter atmete mehrere Male tief durch und begann dann: „Liese, Jakob kommt heute nicht mehr heim. Vielleicht kommt er nie mehr. Er wurde vor einigen Stunden aus dem Kolchos abgeholt, abgeführt. Man hat ihn verhaftet – als Staatsfeind und Verräter."

Während er sprach, wurden Lieses Augen immer größer und ihr Gesicht immer blasser. Das konnte doch nicht wahr sein! Sie waren ja doch erst knapp ein Jahr verheiratet! Sie wollte ihm doch gerade heute Abend sagen, dass sie schwanger war, dass ihr erstes Baby unterwegs war, dass sie eine Familie gründen würden. Und jetzt diese Nachricht. Sie begriff noch nicht richtig. Sie kniff sich in den Arm. Sie war bestimmt beim Warten eingeschlafen und träumte jetzt den bösesten Albtraum ihres Lebens.

Doch sie träumte nicht. Sie kniff sich und es tat weh. Dieter saß vor ihr und sah sie mit mitleidigem Gesicht an. Sie hörte nichts anderes als das laute Ticken der großen Wanduhr, die seit Opas Zeiten hier hing. Eine Minute nach der anderen verging. Sie sagte nichts. Dieter sagte auch nichts, suchte wahrscheinlich nach Worten, um seine Schwester zu trösten, fand sie aber nicht.

Irgendwann konnte Liese nicht mehr. Sie brach in Tränen aus. Es war kein lautes Geschluchze oder Gejammer. Ihr liefen einfach die Tränen in Strömen übers Gesicht. Ihre Augen starrten ins Leere. Den Schmerz, den sie im Moment erlebte, konnte sie nicht beschreiben. Gerade eben noch so voller Hoffnung, voller Freude auf den Familienzuwachs, und jetzt allein. Ganz allein – mit einem Baby im Leib! Was sollte sie mit einem Kind, wo sie doch jetzt allein war? Ihr Kind würde seinen Papa nie sehen, nie mit ihm spielen, nichts von ihm lernen. Und Jakob wusste nicht einmal, dass er Vater werden würde.

Sie hatte später keine Ahnung, wie lange sie so dagesessen hatte. Dieter nahm sie irgendwann an die Hand und brachte sie ins Haus ihrer Mutter. Dort legte sie sich auf ein Bett und starrte ins Leere. An Schlafen war nicht zu denken. Katharina brachte irgendwann eine Tasse warmen Tee. Alle waren traurig, denn sie hatten Jakob ins Herz geschlossen.

An die Tatsache, dass er ja „nur" abgeholt wurde und noch keine Todesnachricht von ihm gekommen war, dachte niemand. Sie machten sich keine Hoffnungen mehr auf ein Wiedersehen. Aus Erfahrung wussten sie, dass es keine Hoffnung gab.

Jakob war abgeholt worden, er kam nicht wieder. Sie hatten ab heute eine zweite Witwe in der Familie. Dass Liese ein Kind erwartete, wusste außer Liese noch niemand. Nur sie wusste, dass es nicht nur eine neue Witwe, sondern auch einen neuen Halbwaisen geben würde, einen von Tausenden in Russland!

Katharinas Eintrag

Es war so schön, Mama hat gelächelt. Ich dachte, alles wird wieder gut. Aber jetzt sind alle wieder so traurig! Jakob ist weg. Er kommt nicht wieder. Man hat ihn geholt, genau wie Papa. Nur nicht in der Nacht. Schon einige Wochen ist es jetzt her. Liese macht ihre Arbeit, aber sie ist nicht froh. Seit gestern weiß ich auch noch einen weiteren Grund, warum sie so traurig ist. Sie hat es uns allen erzählt, als wir beim Abendessen waren: Sie ist schwanger! Sie wird Mama, Mama wird Oma und ich Tante! Eigentlich ist es sehr schön. Ich mag kleine Babys. Aber ich kann schon verstehen, dass Liese so traurig ist. Ein Baby zu haben und keinen Mann wird bestimmt keine einfache Sache. Und wie ich Jakob kenne, wäre er ein prima Papa geworden.

Zu Weihnachten soll das Baby da sein. Es gibt endlich mal wieder etwas, worauf wir uns freuen können. Ich zumindest freu mich sehr! Und wenn Liese in den Kolchos arbeiten geht, werde ich auf das Kleine aufpassen!

Nach zwei Monaten traf die Familie Braun ein weiterer Schlag. Tante Susi, die seit damals, als alle geholt wurden, bei Wiebes im Dorf wohnte, ging es ganz schlecht. Sie stand nicht mehr aus dem Bett auf und wollte auch nichts mehr essen. Weil es so schien, dass sie nicht mehr lange leben würde, holten Dieter und Wanja zusammen mit zwei anderen Jungen im Dorf die Tante zurück. Sie lag nun in der großen Stube und jeder, der irgendwie ein paar Minuten Zeit hatte, setzte sich zu ihr.

Am meisten war es wohl Katharina. Es war fast wie früher, und doch ganz anders. Sie saß neben ihrem Bett und las ihr Geschichten vor oder erzählte ihr, was sie an dem Tag gemacht hatte. Wie früher – nur dass sie es jetzt freiwillig tat. Keiner musste sie dazu auffordern! Sie sah darin keine lästige Pflicht, sondern tat es gern.

So vergingen mehrere Tage, die Katharina an Tante Susis Bett verbrachte. Zwischendurch saß auch mal Elisabeth stundenlang bei ihnen, ohne viele Worte zu machen. Einmal kam es zu einem kurzen Gespräch zwischen Mutter und Tochter.

„Mama, meinst du, Tante Susi erinnert sich immer noch an all das, was vor so vielen Jahren passiert ist?" „Bestimmt Tina, aber es ist ihr nicht so bewusst. Die ganzen Ereignisse damals haben sie nicht nur tief verletzt, sondern auch ihren klaren Verstand geraubt. Tief drinnen weiß sie noch alles, was sie erlebt hat. Aber über all die Jahre hat sie es bewusst verdrängt. Sie hat das Erlebnis nie verarbeitet. Deshalb konnte sie auch nicht gesund werden." Katharina dachte über die Worte ihrer Mutter nach. Nach einer Weile fragte sie ganz leise: „Wenn man davon krank wird, dass man über das Schlimme, was man erlebt hat, nicht spricht, wäre es dann nicht auch besser, Mama, wenn wir beide mal über die Zeit sprechen würden, in der wir getrennt waren? Ich meine die Zeit, wo wir in diesem Heim waren und du, ja, ich weiß nicht einmal, wo du warst oder was man mit dir gemacht hat." Während ihre Jüngste sprach, war Elisabeths Blick hart geworden. Nichts und niemand auf der Welt würde sie dazu bringen, über das zu sprechen, was sie erlebt hatte. Es war schlimm genug, wenn ihre Erlebnisse jede Nacht in ihren Träumen wiederkehrten. Auf keinen Fall würde sie damit auch noch ihre Kinder belästigen. Zu Katharina sagte sie nur: „Vielleicht hast du Recht, Tina. Aber ich bin noch nicht so weit, dass ich darüber sprechen kann. Vielleicht, ja vielleicht eines Tages."

Katharina blickte ihre Mama traurig an. Wenn dieser Tag sich auch so hinauszögern würde wie bei Tante Susi? Sie hoffte so sehr, dass ihre Mutter bald wieder froh sein konnte.

An dem Tag, an dem Tante Susi zu Grabe getragen wurde, wehte ein kalter Wind. Der Winter machte sich bereits wieder bemerkbar. Sie standen unter der großen Eiche hinter dem Haus. Dieter hatte ein tiefes Loch gegraben und für Tante Susi aus einzelnen Brettern einen Sarg zusammen genagelt. Liese und Mama hatten sie in den Sarg gelegt und mit ihrer eigenen Decke zugedeckt.

Nun standen sie am Grab und starrten in die Tiefe. Ganz leise sagte Mama einige Bibelverse auf, die sie noch aus ihrer Kindheit auswendig konnte. Wenn irgendjemand sie dabei ertappen würde, könnte sie eine Strafe bekommen. Die russische Regierung hatte es strengstens verboten, irgendwelche religiösen Versammlungen zu halten. Nicht einmal sprechen durfte man über den Glauben. Deshalb gab es auch keinen Begräbnisgottesdienst. Tante Susi wurde von Familie Braun in aller Stille verabschiedet.

Katharina dachte an all das, was Tante Susi hatte erleben müssen. Dabei liefen ihr die Tränen über die Wangen. „Es ist besser so für sie", flüsterte Liese ihr ins Ohr, während sie den Arm um Katharina legte. Obwohl Katharina das wusste, war sie traurig.

Während Dieter und Wanja das Grab zuschütteten, kehrten die Frauen mit Heinrich zurück ins Haus. Katharinas Blick fiel auf Liese. Diese hatte schon einen dicken Bauch. Wie viele Monate waren es noch? Weihnachten kommt das Baby, hatte Liese gesagt. Es müssten noch etwa drei Monate sein. Wie Liese ihr Kind wohl nennen würde? Was würden sie dem Baby anziehen? Sie hatten doch gar keine Babykleider. Ganz in Gedanken an das Baby betrat Katharina das warme Haus, wo sie anstatt ihrer Tante Susi ein leeres Bett vorfand. Fast überwältigte sie ihr schlechtes Gewissen, weil sie früher so oft über Tante Susi böse gewesen war und öfters darüber geschimpft hatte, dass sie sich um sie kümmern musste. Aber sie entschied sich es ihrer kindlichen Unwissenheit zuzuschreiben. Rückgängig machen konnte sie es sowieso nicht.

„Sie kommen wahrscheinlich bald, um den Rest zu holen. Alles was über 18 ist, wird dann mitgenommen!" Liese war ungewollt Zeuge eines Gesprächs zwischen dem Kolchosvorsteher und einem anderen fremden Mann. Sie hatte gerade mit großer Mühe den Kuhstall gesäubert. Ihr Bauch wurde immer größer und das Arbeiten fiel ihr immer schwerer. Jetzt musste sie sich einfach mal kurz setzen. Was hatte der fremde Russe eben gesagt? Alles was über 18 war? Dieter war fast 20 Jahre alt. Wanja gerade erst 16. Das bedeutete, dass Dieter in großer Gefahr schwebte. Was sollte sie tun? Sie konnte nicht einfach nach Hause laufen und ihn warnen. Dann bekäme sie mächtige Probleme mit ihrem Vorsteher. Außerdem hätte es auch keinen Sinn, da Dieter ja auch auf Arbeit war. Sie würde heute Abend mit ihm sprechen und zusammen würden sie beraten, was zu tun sei.

Nach Arbeitsschluss rannte Liese nach Hause. Sie war fast zu Hause angekommen, da kam ihr der kleine Heinrich auch schon entgegen. Es war eine Angewohnheit von ihm, und Liese mochte sie. Wenn es nicht gerade zu kalt war, wartete er an der Einfahrt auf sie. Er war fast wie ihr Sohn. Mein Sohn… Lieses Gedanken wanderten zu ihrem eigenen Kind. Aber es blieb ihr keine Zeit dafür. Heini war schon bei ihr und umarmte sie stürmisch.

„Liese, da bist du ja endlich. Ich hab schon so auf dich gewartet. Es ist sehr kalt hier draußen." „Hallo Heini. Wie war dein Tag?" Eigentlich hatte sie keine Lust, mit ihm ein Gespräch anzufangen. Sie überlegte die ganze Zeit, wie sie Dieter retten könnte. Sie hörte also nur mit halbem Ohr hin, was Heini ihr erzählte. „Mama hat angefangen, mir Unterricht in Deutsch zu geben. Sie sagt, es sei wichtig, dass ich auch diese Sprache lesen und schreiben lerne. In der Schule lernen wir es ja nicht mehr." Ganz stolz war Heinrich auf seinen Lerneifer. Vor lauter Begeisterung merkte er glücklicherweise nicht, dass die große Schwester überhaupt nicht hinhörte, was sie ihr alles berichtete.

Dieter war noch nicht zu Hause. Also musste Liese warten. Sollte sie mit ihrer Mutter beratschlagen? Oder mit Katharina? Die war ja schließlich auch kein Kind mehr! Sie überlegte fieberhaft, was wohl das Beste wäre. Da kam Dieter auch schon.

„Ich muss mit dir sprechen, Dieter. Kommst du mit in den Stall?" So begrüßte sie ihn. Sie nahm seine Hand und führte ihn in den Stall. Dort erzählte sie ihm, was sie heute gehört hatte. Dieter wurde blass, behielt aber die Fassung. „Ich habe schon oft daran gedacht, dass ich bestimmt auch irgendwann dran bin. Trotzdem kommt es jetzt etwas plötzlich." „Ich glaube, du solltest dich verstecken, Dieter!" Sie wollte auf keinen Fall auch noch Dieter verlieren. „Aber wo denn, Liese? Russland ist groß und wenn die mich suchen, finden sie mich, egal wo ich bin. Ich glaube, es hat keinen Sinn. Wenn ich mich irgendwo im Wald verstecke und die mich zu Hause nicht finden, nehmen sie wahrscheinlich noch Wanja mit. Außerdem, sich jetzt im Winter im Wald zu verstecken hat auch keinen Sinn. Mein Kolchosvorsteher würde es sofort melden, wenn ich nicht auf der Arbeit erscheine." Lieses Schultern sanken bei jedem Wort von Dieter mehr. Was sollten sie nur tun? Sie fühlte sich so hilflos. Sie starrten sich eine Weile an und beschlossen dann, ins Haus zu gehen und mit der Mutter und den Geschwistern zu sprechen. Die hatten schließlich ein Recht darauf, eingeweiht zu werden. Es wäre für sie nicht leichter, wenn Dieter von heute auf morgen weg wäre.

In der folgenden Zeit herrschte nicht nur im Hause Braun, sondern im ganzen Dorf Liebenau eine starke Spannung. Natürlich hatte sich die bevorstehende „Sammelaktion der Letzten" schnell herumgesprochen. Nur die, die unbedingt in den Kolchos mussten, wagten sich auf die Straße. Die jungen Männer drehten sich bei jedem ungewohnten

Geräusch um, in der Erwartung, dass ihre Stunde geschlagen habe. Nachts legten sie sich mit dem Gedanken schlafen, ob sie wohl morgen noch in diesem Raum aufwachen würden oder nicht, was mit ihnen passieren und wo man sie hin bringen würde. Der einzige kleine Hoffnungsschimmer, dieser war jedoch wirklich nur ganz gering, war, dass man vielleicht den Vater, den älteren Bruder oder andere Bekannte wiedersehen würde.

Doch in den nächsten Wochen ereignete sich nichts Außergewöhnliches. Es schien ein Fehlalarm gewesen zu sein. So langsam atmete man wieder etwas entspannter. Seit einigen Monaten war jetzt niemand mehr abgeholt worden. Hatte die russische Regierung endlich genug Arbeiter, um ihre Arbeitspläne realisieren zu können? Oder waren sie zu sehr mit politischen Sachen beschäftigt? Man wusste ja, dass die Deutschen einen Krieg führten. Noch respektierten sie den Freundschaftsvertrag, den sie mit Russland hatten. Aber wie lange dies so bleiben würde, wusste niemand. Von diesem Adolf Hitler hörte man nichts Gutes. Optimisten beharrten darauf, dass die Deutschen, sollten sie in Russland einmarschieren, die Rettung für sie wären. Pessimisten meinten, die momentane Ruhe wäre nur die Stille vor dem großen Sturm, einem Sturm, der auch noch die letzten mennonitischen Siedler und ihre Siedlungen vernichten würde.

Weihnachten rückte näher. Keiner sprach darüber, was Weihnachten eigentlich bedeutete. Damit hatte man schon vor Jahren aufgehört. Weihnachten existierte nur noch im Gedächtnis der Liebenauer, denn Weihnachten gab es in Russland nicht mehr. Der 25. Dezember war ein normaler Arbeitstag wie jeder andere auch.

Doch im Hause Braun wartete man sehnsüchtig auf Weihnachten, nicht nur, weil man Jesu Geburt feiern wollte, sondern weil man auf die Ankunft des neuen Erdenbürgers wartete.

Auch Liese wartete schon sehnsüchtig. Nicht in erster Linie, weil sie sich auf ihr Kind besonders freute, sondern weil es immer beschwerlicher für sie wurde. Der Kolchosvorsteher hatte kein Erbarmen mit ihr. „Auch wenn du einen kleinen Bastard auf die Welt setzt, musst du arbeiten. Das Brot verdient sich nicht von alleine. Jetzt musst du erst recht arbeiten, wenn du noch eine zweites Maul stopfen musst." Wütend und mit Tränen in den Augen hatte Liese ihn angestarrt. Sie hatte ihm erklären wollen, dass sie keineswegs ein uneheliches Kind in die Welt setzen würde, dass sie einen Mann hatte, der dieser verdammten Regierung und ihren wahnwitzigen Ideen zum Opfer gefallen war. Aber sie hatte sich nur von ihm abgewendet. Die Meinung zu äußern war in dieser Zeit gefährlich. Es konnte schlimme Folgen haben.

„Ich kann mich einfach noch nicht wirklich auf das Baby freuen, Mama", hatte sie zu ihrer Mutter gesagt. „Jedes Mal wenn ich es anblicken werde, werde ich an Jakob denken. Und dann werde ich daran denken, wie schön es wäre, wenn er jetzt hier wäre." Ihre Mutter hatte versucht, auf sie einzureden. „So darfst du nicht denken, Liese. Du musst es so sehen: Du hast wenigstens noch eine gute Erinnerung an Jakob behalten." Liese war sich darüber im Klaren, dass sie das Kind lieben musste, aber im Moment war sie am Ende mit ihrer Kraft. Vielleicht würde ja nach der Geburt alles anders aussehen. Sie hoffte es von ganzem Herzen.

„Hast du es schon gehört? Justina Klassen hat einen Brief von ihrem Mann bekommen. Er ist wohlauf und mit ihm noch einige andere aus unserem Dorf. Er hat nichts von Jakob geschrieben, aber ich habe das Gefühl, dass auch er unter diesen ist." Liese war nicht zu bremsen. Elisabeth schaute ihre Älteste mit mitleidigem Blick an. Sie wollte ihr die Hoffnung auf keinen Fall nehmen. Aber die Erfahrung hatte sie gelehrt, sich keine Hoffnungen zu machen. Sie machte sich keine Hoffnung mehr. Sie hatte es aufgegeben. Es galt nur noch, um das eigene Überleben zu kämpfen.

„Ich werde mir die Adresse holen und werde ihm schreiben. Ich werde ihm schreiben, dass er Vater wird und dass er einen Grund mehr hat zurückzukommen. Vielleicht kann er ja irgendwie fliehen." Liese verrannte sich so in ihre Idee, dass sie nicht mehr auf den Boden der Wirklichkeit zurückkehren konnte. Elisabeth ließ sie dabei. Was nützte es, es ihr auszureden? Sie würde schon früh genug wieder die nüchterne Wahrheit einsehen müssen.

„Ich schreib ihm. Auch wenn der Brief vielleicht nie ankommt, ich werde ihm schreiben."
Es wurde ihr etwas leichter ums Herz. In diesem Moment begann sie, sich auf ihr Kind zu freuen. Es lohnte sich zu leben.

Sie wollte sich gerade an den Tisch setzen und ihrem Mann schreiben, als sie ein entsetzliches Ziehen im Unterleib spürte. Sie schrie auf und setzte sich auf den nächsten besten Stuhl. Elisabeth hörte ihre Tochter schreien und wusste, was bevorstand. Sie bereitete warmes Wasser vor und legte genügend Tücher bereit. Wenn alles klappte, würde sie in einigen Stunden Großmutter sein.

Katharinas Eintrag

Ich bin Tante geworden. Liese hat einen Sohn bekommen. Ich verstehe zwar nichts vom Kinderkriegen, aber ich hab schon mitbekommen, dass irgendetwas schief gelaufen ist. Das Baby war sehr klein. Mama meinte, es hätte wohl noch etwas länger warten sollen. Liese hat zu viel Blut verloren. Sie liegt schon seit zwei Wochen im Bett und ist sehr schwach. Aber Mama sagt, das wird schon wieder.

Der Tag, an dem der kleine Peter, so hat sie ihn genannt, kam, war schrecklich. Liese hat so furchtbar geschrieen. Ich hielt es nicht aus. Es tat mir so leid um sie. Irgendwann nahm ich Heinrich an die Hand und wir sind draußen im Schnee spazieren gegangen. Bis es uns zu dunkel wurde. Dann war wohl das Schlimmste auch schon vorüber. Als wir hereinkamen hörten wir Kindergeschrei. Nach einiger Zeit kam Mama mit dem kleinen Peter im Arm in die große Stube, wo mittlerweile alle versammelt waren, und stellte uns unseren ersten Neffen vor. In dem Moment vergaß ich, dass Liese so schreckliche Schmerzen hatte. Ich freute mich einfach nur, dass dieses kleine Wunder in unsere Familie gekommen war.

Weihnachten ist inzwischen vorbei. Wir haben es nicht gemerkt. Früher bekamen wir noch Geschenke, aber in diesen Zeiten kann man sich solchen Luxus nicht leisten, sagt die

Mama. Schade, ich hätte gern mal wieder ein Geschenk bekommen, auch wenn's nur ein kleines wäre.

Morgen gehen wir in ein neues Jahr. Das Jahr 1941. Es sind jetzt bereits über drei Jahre her, seit wir Papa zum letzten Mal gesehen haben. Am Anfang dachte ich immer, irgendwann steht er plötzlich vor der Tür, wie Mama damals. Aber ich glaube nicht mehr daran. Ich frage mich nur immer wieder, ob Papa noch lebt. Oder ist er schon ein Stern am Himmel, der auf uns runterschaut? Sieht er, dass Liese so traurig ist, dass Jakob nicht mehr da ist? Sieht er, dass er Opa geworden ist? Sieht er, dass Mama das Lachen verlernt hat? Oder hat man ihn so schlecht behandelt, dass er gar nicht mehr weiß, wer wir sind, und dass er eine Familie hat, eine Familie, die auch in Not zusammenhält?

So viele Fragen habe ich. Werden sie mir für immer unbeantwortet bleiben?

Vierter Teil
1941

I.

Es war der 22. Juni 1941, als die unheimliche Ruhe und Spannung schlagartig zu Ende war. Die Neuigkeit verbreitete das Radio. Die russische Regierung hatte im ganzen Land ein Radiosystem eingerichtet. In jedem Dorf gab es eine zentrale Empfangsstelle und von hier aus führten die Leitungen in jedes Haus, wo ein Lautsprecher angebracht worden war. So hatte die Regierung die Möglichkeit, anstehende Aufgaben oder Änderungen schnell bekannt zu geben.

Die Nachricht, die an diesem Sommertag durch die Anlage dröhnte, ließ die russische Landesbevölkerung erstarren. Auch im Hause Braun wurde sie gehört. Sogar Heini, der sich von den Nachrichten im Radio nicht in seinen Erzählungen unterbrechen ließ, hielt seinen Mund und hörte zu, wie der russische Radiosprecher bekannt gab: „Heute haben die faschistischen Blutsauger haben den Freundschaftsvertrag gebrochen und uns überfallen. Von Murmansk bis zum Schwarzen Meer verläuft die Front. Obzwar der feige Überfall uns unerwartet trifft, werden wir nicht einen Fußbreit von unserem Land weichen. Jeder aber soll dem Staate gegenüber seiner Pflicht nachkommen, indem er versucht, die Normen in der Arbeit doppelt zu erfüllen...“

Obwohl der Sprecher im Radio noch weiter sprach, hörte Katharina nicht mehr hin. Nun war es soweit. Es war eingetreten, was manche schon lange befürchtet hatten. Krieg mit Deutschland! „Das bedeutet nichts Gutes, absolut nichts Gutes“, hörte Katharina ihren Bruder Dieter sagen. „Wir sind Deutsche, die Russen werden in uns den Feind sehen. Was sie wohl noch alles mit uns anstellen?“ Seine Befürchtungen bestätigten sich. Es war ja schon schlimm genug, dass es Krieg gab. Aber jetzt waren die Deutschen ja praktisch der Feind im eigenen Land. Und die Russen mochten sie ja jetzt schon nicht. Katharina blickte in die Augen ihrer Mutter und entdeckte dort den gleichen Schrecken, die gleiche Angst, wie sie auch bei Liese und Dieter zu sehen war. Wanja und Heini hatten auch Angst, begriffen aber noch nicht ganz, wieso eigentlich. Ihr Herz pochte so laut, dass Katharina Angst hatte, es würde ihr zerspringen.

„Was denken die sich eigentlich? Unsere Arbeitsnorm verdoppeln? Wir schuften ja jetzt schon wie die Verrückten. Ich wüsste wirklich nicht, wie man die noch steigern könnte, geschweige denn verdoppeln!" „Psst, nicht so laut, Liese!" Elisabeth warnte ihre Tochter. „Wenn uns jemand hört?" Doch Liese war zu aufgebracht. Sie selber war von früh morgens bis abends in der Kolchose und rackerte. Ihre Hände zeugten von ihrer schweren Arbeit auf dem Feld. Ihre Hände sahen aus wie die einer Frau, die ihr Leben lang auf dem Feld gearbeitet hat. Dabei war sie erst etwa drei Jahre in der Kolchose. Und vorher hatte sie nie besonders hart gearbeitet.

„Die schaffen das, diese Gottlosen! Wirst sehen, irgendwie kriegen die das auch noch wieder hin." Aus Dieters Stimme hörte man Wut und Verbitterung. Er war müde von allem. Und er bildete da keine Ausnahme. Die Missachtung, die Diskriminierung und die Arbeit, bei der sie sich fast zu Tode schuften mussten, hatten aus ihm einen harten Menschen gemacht. Sein Gesichtsausdruck war hart und seine Augen hatten einen bitteren, traurigen Blick.

Diese Hiobsbotschaft würde noch weitere nach sich ziehen. Aber dies war der Anfang vom Ende. Da war Katharina sich sicher. In dieser Nacht konnte kaum jemand im Dorf Liebenau schlafen.

„Wie ihr wisst, sind wir seit gestern im Krieg mit den Deutschen!", begrüßte der Kolchosleiter am nächsten Morgen die Arbeiter der Milchfarm. Jeder Kolchos hatte eine Milchfarm, genauso wie er auch Abteilungen für Viehzucht und Ackerbau hatte. Dieter war jetzt schon seit über einem Jahr in der Milchfarm tätig. Die Arbeit war zwar schwer, aber nicht zu vergleichen mit der Feldarbeit. Gern hätte er mit Liese getauscht, aber das erlaubte der Leiter nicht.

„Ihr habt auch gehört, dass jeder seine Arbeitsnorm verdoppeln soll. Das heißt für uns, wir müssen mehr melken, wir müssen, weiß der Himmel wie, das Doppelte an Produktion aufweisen können! Damit beweisen wir die Hingabe an unsere Mutter Russland. Wenn wir das nicht tun, deklariert man uns zu Staatsfeinden." Man merkte es ihm an, dass auch ihm, obwohl er Russe war, bei der Sache nicht ganz wohl zumute war. Wie sollte man von heute auf morgen die Produktion verdoppeln? Man hatte doch bisher schon das Letzte gegeben. „Und was ist, wenn wir den Kühen mehr von dem Grünfutter geben? Davon haben wir doch jetzt im Sommer genug. Wenn sie mehr fressen, geben sie auch automatisch mehr Milch." Diese Idee kam von Jakob Martens. Der hatte zwar keine Erfahrung mit Milchwirtschaft, hatte aber dank seiner verschiedenen Erfahrungen in der Wirtschaft Einfluss auf den Leiter. „Keine schlechte Idee, versuchen wir es mal", ging der Leiter auf diesen Vorschlag ein. Er selber hatte keine bessere Idee.

„Und jetzt marsch, an die Arbeit, Leute, sonst schaffen wir nicht mal unser normales Soll." Dieter wollte sich gerade erheben, da hörte er seinen Namen rufen. „Dieter, kommen Sie mal her!", forderte ihn der Leiter auf. Sie sind ab heute der Arbeit auf dem Feld zugeteilt. Es sind zwei Männer, die sonst die Arbeit dort anleiten, nicht mehr im Dorf, deshalb brauchen wir dort mehr Arbeitskräfte." Mit einem Nicken gab Dieter zu verstehen, dass er verstanden hatte. Er sagte nichts, denn es lief ihm eiskalt über den Rücken. Einen von diesen Männern hatte er gut gekannt. Es war Franz Klassen gewesen, ein junger Mann, Vater von drei hübschen kleinen Mädchen. Dieter hatte ihn stets sympathisch gefunden. Klassen war ein freundlicher Mann, der sich nicht scheute, auch mal seine Meinung zu äußern. Und wahrscheinlich war es auch eine seiner Meinungsäußerungen gewesen, die ihm zum Verhängnis geworden war.

Dieter machte sich also auf den Weg zum Feld. Vielleicht, so hoffte er, könnte er seiner Schwester Liese ein wenig Arbeit abnehmen, denn sie sah in letzter Zeit gar nicht gut aus. Nach der Geburt ihres kleinen Peter hatte sie sich nicht richtig erholt.

Katharinas Eintrag

Es ist furchtbar. Wir sehen zwar noch nichts vom Krieg, wir wissen aber, dass er immer näher kommt. Aus Angst, wir könnten denken, das russische Heer ist schwach, will man uns nicht sagen, wo die Front im Moment steht. In den Zeitungen liest man nur von harten Kämpfen und wie die russischen Panzer die Deutschen zurücktreiben und ihre Flugzeuge abschießen. Hin und wieder lesen wir auch mal, dass einige feindliche Panzer durchgebrochen sind. Und dann werden Gräueltaten aufgezählt, was die deutschen Soldaten alles anrichten und was sie ehrlichen Kolchosmitgliedern antun. Natürlich endet der Zeitungsbericht damit, dass die Russen diesen Panzer zerstört haben. Lange Zeit habe ich dies immer geglaubt.

Aber neulich war ich am Bahnhof und erfuhr, dass die Verletzten, die mit dem Zug Richtung Osten gebracht werden, erzählen, dass die Front immer näher kommt, und zwar ziemlich schnell. Außerdem wird immer wieder in der Zeitung Druck gemacht, den Abtransport der Ernte zu beschleunigen. Tag und Nacht wird in unserem Dorf gearbeitet. Liese und Dieter kommen fast nicht mehr nach Hause. Der arme kleine Peter, er hat schon keinen Papa und jetzt ist seine Mama auch fast nie da. Ich habe auch wenig Zeit für ihn, da ich nun auch schon fast ein Jahr in der Kolchose arbeiten muss. Es ist hart, aber ich bemüh mich, meine Arbeit gut zu tun. Auch Wanja geht in den letzten Wochen schon mit ins Kollektiv.

Und dann ist da noch etwas, was uns klar zeigt, dass etwas nicht stimmt. Uns wird befohlen, unsere Fenster zu verdunkeln. Es wird von der Straße aus kontrolliert, ob ein Licht zu sehen ist oder nicht. Sie sagen nicht warum, aber es ist uns klar: Der Feind ist schon ganz in der Nähe. Und wenn er aus der Luft Licht sähe, würde er losschießen.

Es steht also fest, dass die Deutschen immer näher kommen. Werden sie unsere Rettung oder unser Ende sein?

„Das darf doch wohl nicht wahr sein!", schrie der Kolchosleiter. Dieter, der gerade an seinem Büro vorbeiging, blieb erstaunt stehen. Der Leiter war kein sonderlich sympathischer Mann, aber schreien – das tat er eigentlich selten. Und nun sah Dieter auch schon, dass etliche fremde Männer bei ihm waren. Das konnte nichts Gutes bedeuten. Er sah, dass er wegkam.

Und später hörte er von einem anderen Kolchosmitglied, dass der Besuch wirklich nichts Gutes bedeutet hatte. Der Leiter und sämtliche Arbeiter der Milchfarm waren mitgenommen worden. Wohin? Man wusste es nicht. Man würde es auch nie erfahren, denn man würde diese Männer nie wieder sehen. Warum hatte man sie geholt? Die Männer hatten wie vereinbart den Kühen mehr Grünfutter gegeben. Und höchstwahrscheinlich zu viel, denn einige Kühe waren verreckt. Sie hatten es zu verheimlichen versucht, aber die NKWD war davon in Kenntnis gesetzt worden. Es war zum Schreien! Nichts, aber auch gar nichts blieb der NKWD verborgen. Weiß Gott, wie sie immer alles erfuhren!

Für die NKWD war dies nun ein klarer Fall. Diese Leute wollten den Staat schädigen und in diesem kritischen Moment einfach die Milchkühe beseitigen. Alle Männer und Jünglinge, die etwas mit dieser Angelegenheit zu tun hatten, waren verschwunden – auf Nimmerwiedersehen!

Dieter bekam eine Gänsehaut, als er davon hörte. Nicht nur deshalb, weil es einfach schrecklich war, sondern eher deshalb, weil er eigentlich auch zu dieser Gruppe gehörte. Ihn überkam es, wenn er daran dachte. Wieso hatte der Leiter ihm an jenem Morgen eine andere Arbeit gegeben? Hier hatte wohl der liebe Gott seine Hände im Spiel gehabt! Und er hatte gedacht, Gott hätte sich von Russland zurückgezogen. Bei all dem, was in Russland in den letzten Jahren passiert war – das war Gott ganz einfach außer Kontrolle geraten. Hier konnte er unmöglich noch präsent sein, oder etwa doch? Wollte Gott ihm damit zeigen, dass er sie noch nicht ganz vergessen hatte?

II.

„Katharina, Katharina!" Von weitem hörte sie ihren Namen rufen. Was man wohl von ihr wollte? Sie war mitten auf dem Feld bei der Arbeit. Hatte sie sich etwa nicht genug angestrengt? Was wollte man von ihr? Tausend Gedanken schossen ihr durch den Kopf. Auf dem Weg zum Stall, von wo man sie gerufen hatte, suchte sie mit ihren Blicken noch schnell das Feld nach ihren Geschwistern ab. Keiner war zu sehen.

„Jede Kolchose muss eine Arbeitsgruppe zusammenstellen und wegschicken. Diese Menschen sollen einen Panzergraben ausheben. Die Regierung hat vor, quer durch die Ukraine, vom Norden bis an das Schwarze Meer einen Panzergraben ausheben zu lassen. Es spielt keine Rolle, ob ihr Mädchen, Frauen oder Männer seid. Jede Hand ist hier gefragt." In einer Minute hatte der neue Kolchoseleiter wenig und doch alles gesagt. Sie mussten also weg von hier. „Los, los, es geht gleich los. Die Wagen stehen schon bereit", kommandierte der Vorsteher sie.

Mit Tränen in den Augen sah Katharina in dem Augenblick, in dem sie auf den Wagen stieg, dass Wanja auch in der Gruppe war. Gott sei Dank, sie war nicht ganz alleine.

Los ging es in eine unbekannte Zukunft, ohne Kleider und Reisegepäck und ohne Abschied von der Familie zu nehmen.

Unterdessen kam ein weiterer Befehl: Alle Männer im Alter von sechzehn bis sechzig Jahren, die noch in den Kolchosen geblieben waren, sollten alle Gespanne und alles Vieh nehmen und nach Osten ziehen!

„Wieso? Was hat das denn für einen Sinn?", fragte Liese Dieter, die sich beide gerade auf den Weg nach Hause machten – im Herzen die Hiobsbotschaft für ihre Mutter, dass Katharina und Wanja heute mitgenommen worden waren. „Das ist doch klar, Liese. Die Deutschen müssen ganz in der Nähe sein. Die Russen wollen verhindern, dass ihr Feind auch noch Vieh und wertvolles Material erobert. Wegschleppen und vernichten, soviel man kann, das wird in den nächsten Tagen die Parole sein! Bloß ja nichts für die Deutschen lassen."

„Dieter, du darfst auf keinen Fall mitgehen, hörst du? Das kannst du uns nicht antun! Es bleiben doch schon nur Mama, Heini, Peter und ich. Ob wir Tina und Wanja noch mal wieder sehen, weiß man nicht. Du darfst auf keinen Fall jetzt gehen!" Liese brach in Tränen aus. Alles war so furchtbar. „Wir werden dich irgendwo verstecken. Es dauert bestimmt nicht mehr lange und die Deutschen sind da. Sie sind unsere Rettung, du wirst sehen!" Verzweifelt versuchte Liese ihren Bruder zu überzeugen und sich selbst auch Mut zuzusprechen, dass bald alles ein Ende haben würde.

„Wir müssen das alles gut durchdenken. Gehen wir erst mal nach Hause. Es geht ja erst morgen früh los!" Dieter gab sich ruhiger als ihm in Wirklichkeit zumute war. Wenn er mitzog, bestand die große Wahrscheinlichkeit, dass er nie wieder zurückkehren würde. Bliebe er hier und würde sich irgendwo verstecken, war es sehr wahrscheinlich, dass man ihn entdecken würde. Und was dann mit ihm passieren würde, konnten sie sich denken. Sie wollten es sich nur nicht vorstellen.

Also was war in dieser Situation zu tun? Er musste sich entscheiden – bis morgen früh!

Sie mussten ungefähr 30 km gefahren sein, als alle Wagen plötzlich hielten. „Los, vorwärts! Nun macht schon. Oder denkt ihr, die Deutschen warten, bis wir uns in aller Ruhe vorbereitet haben?" Nicht nur der Ton des Kommandanten war hasserfüllt. Auch der Blick, mit dem er die ankommenden Arbeiter antrieb, war so voller Hass, dass Katharina vor Schreck zurückzuckte. „Ich hoffe nur, dass ich dem niemals zu nahe komme", flüsterte sie Wanja zu, der neben ihr ging. Dieser war froh, dass Tina bei ihm war, und wich nicht von ihrer Seite.

Jeder von ihnen bekam einen Spaten in die Hand gedrückt. „Los, los! An die Arbeit! Ihr habt noch drei Stunden bis es finster wird. Da könnt ihr einiges tun! Nun macht schon, Gesindel!"

Katharinas Hände waren schon ziemlich abgehärtet von der Feldarbeit im letzen Jahr. Doch trotzdem hatte sie schon am ersten Abend Blasen an ihren Händen. Sie hatte sich auf ihr Lager fallen lassen. Es war eine Zeltplane aufgespannt worden, unter der sie sich in der Nacht ausruhen durften. Von Bett und Decken war keine Rede. Gott sei Dank haben wir Sommer, dachte Katharina, als sie sich mit Wanja zusammen hinlegte.

Dieser sagte kein Wort. Auch er hielt seine Hände mit der Handfläche noch oben gerichtet. Sie waren rot und dick angeschwollen. Aus den drei Stunden waren sechs geworden. Fast bis Mitternacht hatten sie graben müssen.

Katharina hätte gern ihr Tagebuch zu Hand genommen, um alle Erlebnisse des heutigen Tages und ihre Gefühle niederzuschreiben, denn schlafen konnte sie sowieso nicht. Doch das hatte sie natürlich nicht bei sich. Sie war ja direkt aus der Kolchose abgeholt worden. Außerdem hätte sie mit ihren Händen heute auch nicht schreiben können.

Also gab sie sich ihren Gedanken hin. Die Tränen liefen ihr über die Wangen. Sie war so verzweifelt und sie fühlte einen so tiefen inneren Schmerz, dass sie sich kaum zu helfen wusste. Sie dachte nur immer wieder, was sie in den letzten Jahren schon so oft gedacht hatte: Dieses Land wird uns noch alle umbringen. Es müsste ein Wunder geschehen, wenn irgendjemand Verfolgung und Krieg lebendig überlebt und noch einmal wieder bessere Zeiten kämen!

Liese konnte sich heute nicht konzentrieren. Die Hacke glitt ihr ständig aus den Händen. Beinahe hätte sie sich verletzt. Sie hatte nachts nicht geschlafen und war am Ende ihrer Kräfte. Dieter hatte sich entschieden. „Ich werde es versuchen, Liese! Ich kenne tief drinnen im Wald ein Plätzchen, wo mich bestimmt keiner findet. Vielleicht kommen ja in einigen Tagen die Deutschen und alles wird wieder gut." Vor Freude, aber auch von der Anspannung der letzten Stunden hatte Liese angefangen zu weinen. Stürmisch hatte sie Dieter umarmt und ihm ins Ohr geflüstert: „Danke." Sonst nichts.

Danach war sie mit ihm in den Wald gegangen. Sie musste ja schließlich wissen, wo er sich verstecken wollte, denn sie wollte ihm regelmäßig etwas zu essen bringen. Es hatte schon zu dämmern begonnen, als sie zurückgekehrt war. Zum Schlafen war keine Zeit mehr gewesen. Die Arbeit wartete. Die Männer waren alle weg, so blieb die Arbeit für die Frauen.

Es war schon fast Mittag, als Liese plötzlich am Ende des Feldes Sarah sah, ihre jüdische Arbeitskollegin. Sarah war ungefähr im selben Alter wie sie, nur noch nicht verheiratet. Die beiden jungen Frauen kannten sich seit einiger Zeit und schätzten sich. Sarah wohnte in der Nähe von Liebenau in einer jüdischen Siedlung. Liese sah sofort, dass Sarah nicht ihre Arbeitskleider trug. Komisch, dachte sie bei sich, ich habe nicht gemerkt, dass Sarah heute nicht zur Arbeit erschienen war. Jetzt sah sie, dass Sarah ihr zuwinkte. Verstohlen schaute sie sich um. Keiner der Aufseher in Sicht! Sie lief schnell zu Sarah hinüber. Sie wusste, dass sie dafür bestraft werden konnte.

„Hallo Sarah, was ist denn los mit dir?", begrüßte sie die junge Jüdin. „Ich komme nicht mehr, Liese. Wollt mich nur ganz kurz verabschieden von dir. Ich schätze dich und wollte dir das gern noch einmal sagen." Mit traurigen Blicken schaute Sarah sie an. „Ich versteh nicht, was meinst du damit: Ich komm nicht mehr. Haben sie dich entlassen oder was?" Sarah schüttelte den Kopf. „Die Deutschen sind ganz nahe. Für euch mag das vielleicht die Rettung sein. Aber für uns bedeutet es den Tod. Wir wissen, dass dieser Hitler uns Juden hasst und uns alle ohne Grund töten lassen wird. Für uns ist es besser, wir verschwinden, bevor das deutsche Heer hier ist." „Das glaube ich nicht, die Deutschen würden so etwas nie tun!" Liese konnte und wollte es nicht glauben, obwohl sie auch schon von diesen Judengeschichten und Hitler gehört hatte.

„Es ist bestimmt besser so, Liese. Machs gut!" Noch eine letzte Umarmung und Sarah verschwand für immer aus Lieses Leben. Tief bedrückt lief Liese wieder zurück zu ihrer Arbeit. Auf keinen Fall wollte sie heute noch eine Strafe riskieren. Es war alles schon schlimm genug.

Zwei Tage danach herrschte in Liebenau Totenstille. Es war der 15. August. Alle Jungen und Männer im Alter von sechzehn bis sechzig Jahren waren verschwunden. Die Ortschaft sah öde und leer aus. Obwohl die Frauen und Mädchen alle zurückgeblieben waren, sah man niemanden. Keiner wagte sich auf die Straße zu gehen. Die Kolchose war leer. Keiner war zur Arbeit gegangen. Angst und Spannung lagen in der Luft.

Elisabeth saß in ihrem Haus und tat das, was sie in den letzten Tagen ständig getan hatte: Sie betete – für Wanja, Tina und Dieter. Es war für sie fast unmöglich, einen klaren Gedanken zu fassen. So in Angst und Sorge war sie um ihre Kinder.

Es war ungefähr zur Mittagsstunde, da hörte man ein Motorengeräusch. „Hörst du, Liese? Das Geräusch kommt näher. Direkt auf unser Dorf zu!" Liese schaute ihre Mutter mit angstvollen Augen an. Im Arm hielt sie ihren sieben Monate alten Peter. Der schlief, für ihn war die Welt noch in Ordnung.

Das Geräusch kam immer näher und wirkte in der Stille bedrohlich. Ein Auto kam die Dorfstraße entlang. Es war das Vernichtungskommando, mit dem Auftrag, alles zu vernichten, was noch an wertvollem Material da war. Es sollte auch absolut nichts dem Feind in die Hände fallen. Außerdem waren die Männer scharf darauf, ob nicht doch irgendwelche Jungen oder Männer, die vielleicht zurückgeblieben waren, einzufangen. Sie hatten den Auftrag, diese Deserteure sofort zu erschießen.

Mit klopfendem Herzen saßen Liese und ihre Mutter und sahen vom Fenster aus, wie die Männer ihre Runden schlugen. Nach einiger Zeit hörten sie, dass das Motorengeräusch sich entfernte. Sie wollten schon gerade aufatmen, als Liese plötzlich mit heiserer Stimme flüsterte: „Mama, sie fahren direkt zum Wald!" Die beiden Frauen schauten sich an. Sie waren sprachlos vor Angst. Im Herzen schickten sie Gebete zum Himmel, dass Gott Dieter beschützen möge.

Nach einer Stunde ungefähr, Liese war es wie eine Ewigkeit vorgekommen, kam das Auto zurück ins Dorf. Liese konnte nicht anders. Sie lief aus dem Haus zur Straße hin. Als das Auto vorbeifuhr, blieb ihr Herz fast stehen. Sie sah Dieter auf dem Rücksitz. Er schaute sie an und ihre Blicke begegneten sich. Dieter hoffte, dass Liese nicht winken oder sonst etwas tun würde, womit sie verraten könnte, dass sie ihn kannte. Dies würde für sie ebenfalls den Tod bedeuten.

Entweder war es der Schock oder einfach die Intuition – Liese stand wie versteinert am Gartentor und sah zu, wie ihr ältester Bruder mitgenommen wurde. Sie war unfähig zu winken oder hinterherzulaufen. Und wahrscheinlich war das in diesem Moment ihre Rettung.

Wieso? Wieso? Sie konnte keinen klaren Gedanken mehr fassen. Wieso hatte sie ihn überredet, sich zu verstecken und nicht mit den anderen mitzuziehen? Selbstvorwürfe stiegen in ihr hoch und wollten ihr fast die Luft abschnüren.

Als das Vernichtungskommando Liebenau verließ, zündeten sie noch die ungemähten Weizenfelder und den Getreidespeicher an. Später hörte man, dass sie im Nachbardorf am Bahnhof auch das Brennstofflager in Brand gesetzt hatten.

Nachdem das Auto ihren Blicken entschwunden war, ging sie wie hypnotisiert ins Haus. Sie nahm ihren weinenden Peter in die Arme, der schon seit Stunden nicht getrunken hatte. Durch all die Aufregung hatte Liese keine Milch mehr. Sie konnte ihren eigenen Sohn nicht mehr stillen! Und eine Kuh hatten sie auch nicht. Von wo sollte sie Milch herbekommen? Wie sollte sie ihren Sohn stillen? Sie konnte ihn nicht ernähren.

„Ich wünschte, Peter könnte sterben, Mama!", sagte Liese mit weinender Stimme. „Liese", sagte Elisabeth in einem strengen Ton, „so etwas darfst du nicht einmal denken!"

Dieter hatte das Geräusch von weitem gehört. Eine innere Stimme hatte ihm gesagt, dass es besser wäre, sich in sein Versteck zurückzuziehen. Doch er hatte es einfach nicht geschafft. Wie versteinert hatte er am Waldrand gestanden und in sein Dorf hinabgeschaut. Er hatte sich vorgenommen, auf seine Mutter, seine Schwester und seinen kleinen Neffen achtzugeben. Sollten die Leute aus dem schwarzen Auto ins Haus eindringen, würde er hinunter laufen und sie beschützen. Er würde sein Leben für sie geben. Erleichtert atmete er auf, als das Auto das Dorf wieder verließ. Er schaute noch eine Weile auf das so friedlich scheinende Dorf. Wie viele Erinnerungen verbanden ihn mit diesem Dorf. Gute, aber auch viele schlechte. Er war so in Gedanken, dass er nicht gemerkt hatte, dass das Motorengeräusch näher gekommen und dann plötzlich verstummt war.

Dieter war gerade im Begriff, sich wieder tiefer in den Wald zurückzuziehen, als vor ihm plötzlich, wie aus dem Nichts, drei bewaffnete Russen standen. Er erschrak so, dass er unfähig war einen klaren Gedanken zu fassen. Die ganze Zeit dachte er nur: Es ist aus, es ist aus, es ist endgültig aus.

Die Soldaten, alle drei nicht älter als 25, schienen guter Laune zu sein. „Na, was haben wir denn hier? Einen Feigling? Oder einen Verräter?" Dieter, der gerade aufgestanden war, erhielt mit einem Gewehr einen Schlag in den Rücken, der so stark war, dass er wieder zu Boden taumelte. „Kommt, lasst uns ihn erschießen, Genossen!", hörte er den Größten von ihnen sagen. Er sprach zwar Russisch, aber Dieter verstand es sehr gut. Er beherrschte die russische Sprache fast so gut wie die deutsche. „Wir warten noch etwas damit. Wie wäre es, wenn wir uns erst einen Spaß mit ihm gönnen. Erschießen können wir ihn immer noch." „Du weißt, dass der Befehl war, sofort erschießen." „Ja ja, ich weiß. Aber es merkt doch keiner. Wir nehmen ihn mit in die anderen Dörfer. Er könnte uns noch behilflich sein." Weil sein Kumpane ihn fragend anschaute, ergänzte er: „Er könnte für uns den Dolmetscher spielen, wenn wir uns mit den deutschen Frauen vergnügen…" Schallendes Gelächter folgt. Sie diskutierten kurz und einer machte noch ein paar anzügliche Bemerkungen über die deutschen Frauen und Mädchen. Doch schließlich entschieden sie sich, ihn noch etwas länger leben zu lassen. Sie fesselten ihm die Hände und stießen ihn vor sich her zum Auto.

Während Dieter hinten auf dem Rücksitz saß und sie die Dorfstraße entlang fuhren, wusste er nur zu gut, dass er zum letzten Mal sein Heimatdorf Liebenau sah. Wenn er überhaupt noch länger leben würde, begann für ihn ein Leben in der Verbannung – ein Leben in der Hölle!

III.

Peter war nicht gestorben, auch wenn Liese es sich noch so sehr gewünscht hatte. Für ihn wäre es ganz bestimmt das Beste, wenn er nicht mehr weiterleben würde, so dachte sie die ganze Zeit in ihrem Herzen. Und sie hatte dabei nicht einmal ein schlechtes Gewissen. Sie würde ihrem Sohn keine Zukunft bieten können. Wozu sollte er leben?

Schließlich hatte Liese trotz allem noch wieder etwas Milch bekommen und Peters Hunger und sein Schreien dadurch besänftigt. Nun schlief er in ihren Armen. Elisabeth saß auf ihrem Stuhl. Seit dem Moment, als Dieter im Wagen vorbeigefahren war, das war vor etwa zwei Stunden gewesen, hatte keiner von ihnen etwas gesagt. Was sollten sie auch sagen? Liese brach schier das Herz, wenn sie ihre Mutter so traurig sah. Von ihren fünf Kindern waren jetzt nur noch Liese und Heinrich bei ihr. Und keiner wusste, wie lange diese noch bleiben würden.

Liese suchte nach Worten, mit denen sie ihre Mutter trösten könnte, als sie plötzlich wieder ein Geräusch hörte. Sie sah in das Gesicht ihrer Mutter, die teilnahmslos da saß und nichts mehr wahrnahm. „Mama, hörst du das? Mama! Mama!" Ihre Stimme wurde immer lauter. Ihr kleiner Peter wachte auf und schrie sofort wieder, weil er ja längst nicht satt geworden war. Jetzt, endlich schaute die Mama sie an und kam mit ihren Gedanken zurück. „Ja, Liese. Hört sich aber nicht an, als ob das Auto zurückkäme." „Nein, dieses Geräusch ist anders. Es ist viel lauter. Es müssen Flieger sein." Sie verstummten und hörten, dass das Geräusch immer schneller näher kam. „Wir müssen uns verstecken, Mama! Wir wissen nicht einmal, ob es russische oder deutsche Flieger sind. Wir wissen nicht, ob es Feind oder Freund ist. Komm Mama, mach schnell!" Aber wohin? Liese überlegte fieberhaft. Ein Keller wäre ideal gewesen um sich zu verstecken. Aber den hatten sie nicht. Sie hatten keine Zeit mehr. Die Flieger waren schon direkt über ihnen. Sie zog ihre Mutter mit sich, rief noch nach Heini, der in seinem Zimmer war, und warf sich mit ihrem kleinen Peter unter den großen Esstisch. Wären sie bombardiert worden, hätte ihnen dieser Tisch keinen Schutz geboten, doch sie sah in diesem Augenblick keine andere Möglichkeit. Aber Gott sei Dank hörte Liese, dass die Flieger schon über sie hinweg waren.

Sie flogen Richtung Westen. Das bedeutete, sie kamen vom Osten. Es konnten also keine Deutschen sein. Das mussten russische Flieger sein. Was sie wohl vorhatten? Doch Liese hatte keine Zeit, sich lange darüber Gedanken zu machen. Ein langes Zischen und dann ein furchtbarer Knall! Sie hatten das Dorf bombardiert! Von Lautstärke und Richtung her könnte es die Wiensens getroffen haben. Die wohnten drei Wirtschaften von ihnen entfernt. Oder die Wielers. Die wohnten ganz am Ende des Dorfes. Liese vergewisserte sich, dass Heini in seinem Zimmer nichts passiert war, drückte ihrer Mutter den kleinen Peter in die Arme und lief hinaus. Die Flieger waren weg! Weder zu hören noch zu sehen! Fürs Erste war die Gefahr einmal vorbei. Sie sah am Ende des Dorfes Rauch zum Himmel emporsteigen. Etwas brannte. So schnell sie konnte lief sie zum Ort des Geschehens. Vielleicht konnte sie ja helfen!

Der Anblick, der sich ihr bot, ließ Liese erschaudern! Sie war bis zum letzten Hof im Dorf gerannt. Hier wohnte Frau Wieler mit ihren fünf Kindern. Der Älteste 11, die Jüngste 4. Ihr Mann war Prediger im Dorf gewesen. Vor vier Jahren war er nachts von der NKWD abgeholt worden – genau wie Lieses Vater. Seine jüngste Tochter hatte er nie kennen gelernt. Frau Wieler war im sechsten Monat schwanger gewesen zu diesem Zeitpunkt. Als Lena, Wielers jüngste Tochter, das Licht der Welt erblickte, erwarteten sie vier traurige Geschwister und eine noch verzweifeltere Mutter.

Liese war nicht alleine zu Wielers gerannt. Es waren noch viele andere Frauen da. Männer keine, denn die waren ja alle unterwegs. Die Bombe war direkt auf das Haus gefallen und hatte die Familie Wieler, die, wie es aussah, gerade am Abendbrottisch gesessen hatte, in kleine Stücke zerrissen. Die Körper waren so verstümmelt, dass man die Kinder nicht wieder erkennen konnte. Liese musste sich setzen. Ihr wurde übel. Der Magen drehte sich einige Male und Liese musste sich übergeben. Sie hatte ja schon manches im Leben gesehen. Aber dieser Anblick überstieg alle ihre Vorstellungen.

Danach machte sie sich wieder auf den Heimweg. Das Feuer wurde schnell gelöscht, sodass es sich nicht ausbreiten konnte. Und für die Menschen konnte sie nichts mehr tun. Das war eindeutig. Zum Glück, so dachte Liese, sind wenigstens alle tot! Keiner von den Familienmitgliedern muss das erleben und um die Toten trauern!

IV.

„Ich kann nicht mehr, Tina! Beim besten Willen schaff ich es nicht mehr, meinen Spaten in die Hand zu nehmen!" Wanja und Katharina saßen nach einem langen Arbeitstag nebeneinander. Ihre Hände waren voller Blasen und der Rücken schmerzte von der schweren Arbeit. Katharina zuckte mit den Achseln und schaute ihren jüngeren Bruder mit traurigem Blick an. Sie war selber viel zu erschöpft, als dass sie ihn noch hätte trösten können.

„Ihr werdet sehen, diese blöden Gräben werden letztendlich gar nichts nützen! Am Ende werden die Deutschen diese Gräben noch gegen uns gebrauchen! Das wär ja 'n Witz!" Alle aus der Arbeitsgruppe waren am Ende ihrer Kräfte. Aber da hatte jemand noch den Mut, laut zu denken. Dafür riskierte er allerdings, bestraft zu werden. Katharina schaute zu diesem jungen Mann. Sie kannte ihn nicht. Dem Akzent nach musste er ein echter Russe sein. Aber was tat er dann hier? Die Mehrheit unter ihnen waren wenn nicht Mennoniten, dann zumindest deutscher Abstammung.

Doch sie hatte keine Zeit sich darüber weiter Gedanken zu machen. Die Aufseher verteilten den schleimigen Brei, den sie zum Abendessen bekamen. Währenddessen trieb der Leiter die Arbeiter an: „Los, los, nehmt euer Essen zu euch. Wir müssen nämlich gleich weiter. Die Deutschen kommen immer näher und wir brauchen den Graben! Also, die Nachtruhe müssen wir auf ein anderes Mal verschieben. Marsch, marsch! Dieser Graben wird uns den Sieg bringen! Hoch lebe Stalin, hoch lebe Russland!"

„Das darf doch wohl nicht wahr sein! Wir können nicht mehr, wir wollen auch nicht mehr! Russland wird den Krieg sowieso verlieren!" Wieder war es jener Russe, der wagte, dem Anführer zu widersprechen. Dieser blickte einmal zu seinem Assistenten. Der wusste was er zu tun hatte. Er nahm den jungen Russen fest. Der wehrte sich, aber es half ihm nichts. Der Assistent verschwand mit ihm. Katharina sah diesen mutigen Mann zum letzten Mal. Keiner wagte sich in den folgenden Tagen, von dem Russen zu sprechen oder gar danach zu fragen, wo er geblieben sei. Alle hatten Angst, ihnen könnte dasselbe passieren.

Katharina war schon so müde, dass sie kaum noch einen klaren Gedanken fassen konnte. Nicht mal mehr an die restlichen Familienmitglieder konnte sie denken. Der einzige Gedanke, der ihr immer wieder durch den Kopf ging, war: Warum? Warum, Gott, lässt du uns dies alles erleben? Sie erhielt keine Antwort auf ihre Fragen.

V.

„Los, du deutscher Hurensohn! Beweg dich!" Dieter hatte sich langsam daran gewöhnt, auf diese Art und Weise gerufen zu werden. Er hatte Glück im Unglück gehabt. Er lebte noch! Und zwar war das so gekommen: Er hatte die drei Soldaten, die alle jünger zu sein schienen als er, einen Tag lang begleitet. Sie waren durch mehrere mennonitische Dörfer gefahren und hatten geforscht, ob sich noch mehr junge Männer in der Gegend versteckt hatten. Glücklicherweise hatten sie keine mehr gefunden. Die jungen Soldaten hatten sich die lange Zeit im Auto, in der sie von einem Dorf zum anderen fuhren, damit vertrieben, sich von Dieter Sätze wie „Ich liebe dich" auf Deutsch vorsagen zu lassen. „Wir müssen uns euren Frauen ja irgendwie verständlich machen", hatte der Kleinste unter ihnen gesagt und die anderen waren in sein Gejohle eingefallen. Dieter war nur froh gewesen, dass sie von dem Gedanken, ihn zu töten, etwas abgelenkt wurden.

Am späten Abend waren sie auf weitere Soldaten gestoßen. Dieter hatte sofort gemerkt, dass seine drei „Freunde" vor dem General der kleinen Truppe großen Respekt hatten. „Wen habt ihr denn da, Genossen?", war die erste Frage, die der General ihnen stellte. „Den haben wir gefunden. Ein Feigling, Genosse General!" „So, so, ein Verräter also, einer von denen, die unser Russland durch ihre Anwesenheit entwürdigen." Der Blick des Generals, der auf Dieter fiel, war herablassend, ja beinahe hasserfüllt. „Eigentlich sollten wir ihn auf der Stelle erschießen, aber mir scheint, im Moment brauchen wir jede Hand. Also, lassen wir ihm noch ein Weilchen sein Leben. Los, bringt ihn zu den Restlichen dort drüben!"

Erst jetzt bemerkte Dieter ziemlich weiter nach hinten eine große Gruppe Strafgefangener. Mindestens hundert Männer, schätzte er auf den ersten Blick. Junge und Alte. Ob wohl ein Bekannter unter ihnen war?

In dem Moment erhielt Dieter einen Schlag auf den Rücken. Es musste wohl ein Gewehr gewesen sein, denn es schmerzte so sehr, dass er taumelte. „Beweg dich, du deutsche Missgeburt!"

Und da war er nun: Inmitten einer Gruppe Gefangener in den Weiten Russlands! Auf den ersten Blick hatte er erkannt, dass unter ihnen auch einige Mennoniten waren. Obwohl er sie nicht kannte, erhoffte er sich, in nächster Zeit mit ihnen Freundschaft zu schließen.

Sie hatten August. Das bedeutete, dass der Winter bald da sein würde. Und der russische Winter war gnadenlos und unbarmherzig. Und, so hatte er gehört, in Sibirien fiel die Temperatur bis auf 50° minus. Zweifellos war er in diese berüchtigte Gegend im Norden seines Heimatlandes deportiert worden.

„Sprichst du deutsch?" Jemand hatte ihn angesprochen und riss ihn aus seinen Gedanken. Die Stimme kann von dem Mann, der hinter ihm ging. Dieter bemerkte sofort einen ihm ungewohnten Akzent. Ein Mennonit konnte es also nicht sein, auf jeden Fall kein in Russland aufgewachsener.

„Ja, ich spreche deutsch. Mein Name ist Dieter Braun." „Bist du deutscher Soldat?" „Nein, nein, ich bin Russe, aber deutscher Abstammung." „Und wie kommst du nach Russland?" Der fremde Mann war ganz aufgeregt, unter den Tausenden Russen jemanden zu finden, der deutsch sprach. Doch Dieter kam nicht mehr dazu, ihm zu antworten, denn ein russischer Aufseher hatte gehört, dass die beiden in einer fremden Sprache sprachen und war herbeigeeilt. Schon traf Dieter ein heftiger Schlag auf den Rücken. Auch sein neuer Freund hinter ihm erhielt einige kräftige Schläge. Da war's also mit der Konversation zu Ende gewesen.

Bis zum späten Abend sprachen sie nicht mehr miteinander. Doch Dieters Gedanken gingen immer wieder zu diesem Fremdling zurück. Wer war er und was tat er hier unter den Gefangenen?

„Dieter, schläfst du schon?" Hans Schneider flüsterte seine Worte. Immer noch spürte er die Schläge auf seinem Rücken, die er bekommen hatte, weil er mit einem der Gefangenen deutsch gesprochen hatte. Aber seine Neugierde war stärker als sein Verstand. Er hatte mitten in diesem verwünschten Russland jemanden gefunden, der nicht nur aussah wie ein Deutscher, sondern auch noch Deutsch sprach! War er auch ein Spion wie Hans? Wahrscheinlich war seine Geschichte, dass er in Russland geboren war, erfunden. Aber, wenn er ein Spion wäre, hätte er sich niemals mit der deutschen Sprache verraten, oder etwa doch?

Er rückte noch etwas näher an diesen jungen Mann, von dem er zu gern gewusst hätte, wer er war. „Dieter, schläfst du oder hast du Angst, mit mir zu sprechen?" Sie lagen unter freiem Sternenhimmel. Noch war es auszuhalten mit der Kälte. Dieter drehte sich um und Hans sah, dass seine Augen weit geöffnet waren. „Nein, ich schlafe nicht. Wie könnte ich?" Dieter brannte natürlich auch darauf zu erfahren, wer sein neuer Kamerad war. Gleichzeitig hatte er aber auch Angst, wieder geschlagen zu werden.

„Nun erzähl mal, wer bist du eigentlich?" Dieter war erstaunt über die Energie, die dieser junge Mann in dieser Situation noch aufbrachte. Er wäre am liebsten still gewesen, um nicht seine letzte Kraft noch mit Sprechen zu verbrauchen. Doch auch er war interessiert, die Geschichte, die hinter diesem Kameraden steckte, kennen zu lernen.

In flüsterndem Ton und in groben Zusammenhängen erklärte er Hans, was es mit den Mennoniten in Russland auf sich hatte. Viel wusste er von der Geschichte auch nicht. Er hatte sich nie sonderlich dafür interessiert, wenn sein Opa von den Gründen der Auswanderung aus Preußen und der Ansiedlung in Russland erzählt hatte. Was ging ihn die Vergangenheit an? Für die Zukunft lebte er, hatte er stets gesagt. Doch jetzt musste er von seinen Vorfahren erzählen, um seine Identität zu erklären.

Hans hatte aufmerksam zugehört. Was dieser schlichte Mann erzählte, erstaunte ihn. Wie konnte man seine Heimat verlassen, nur wegen seines Glaubens an Gott? Vor allem, wie konnte man sich weigern, für das eigene Land in den Krieg zu ziehen? Das verstand er nicht.

„Meine Geschichte ist nicht halb so interessant wie deine", sagte Hans, nachdem Dieter mit seiner kurzen Zusammenfassung am Ende war. „Ich bin vor zwei Jahren ins Militär gekommen. Voller Begeisterung war ich damals, ich würde mein Leben für den Führer und für seine Ideen geben." Er erzählte kurz von der Zeit, in der die Deutschen immer weiter vorrückten. „Bis vor zwei Wochen war ich noch bei meiner Truppe. Da kam plötzlich ein Offizier auf mich zu und gab mir den Auftrag, als Spion in russisches Gebiet zu schleichen und die Gegend zu erkunden. Das war vielleicht eine Herausforderung! Doch ich hab's vermasselt. Ich war gerade erst einige Stunden im feindlichen Gebiet unterwegs, da wurde ich auch schon ertappt! Von diesen Schweinerussen!" Die letzten Worte kamen heftiger, als Hans es gewollt hatte. „Psst!", ermahnte ihn Dieter. „Willst du, dass alle Welt unserem Gespräch zuhört?"

Dieter war ganz erstaunt über den begeisterten Patriotismus, den er aus Hans' Erzählungen heraus hörte. Er hatte schon einiges von diesem Hitler gehört. Er hatte die Hitlerjugend gegründet und in dieser Organisation formte er die jungen Leute in seinem Sinne. Er hatte auch gehört, dass Hitler alle Juden umbringen ließ. Am liebsten hätte er Hans danach gefragt. Doch dazu hatte er noch genug Zeit. Der Weg, der vor ihnen lag, war noch weit. Um nicht noch mehr Aufmerksamkeit auf sich zu lenken, schwieg er lieber und versuchte zu schlafen.

Vier Monate später

„Vorwärts, los, marsch, wollt ihr in diesem Matsch übernachten?" Die russischen Soldaten schrieen ihre Gefangenen an. Auch sie waren schon müde und verzweifelt. Doch sie hatten den Auftrag bekommen, diese Gefangenen, 2000 waren es mittlerweile schon, sicher bis ins nächste Dorf zu bringen. Und das würden sie auch tun, koste es was es wolle.

„Ich verfluche diesen Krieg, dieses Land und auch Hitler. Ich weiß nicht, wie ich mich jemals von ihm begeistern lassen konnte! Dieter, ich kann nicht mehr!" „Hör auf zu fluchen und zu jammern. Es bringt dir nichts!" Dieter hatte die Nase schon voll von Hans und seinem Gejammer. Sie hatten sich inzwischen näher kennen gelernt. Irgendwann hatte man eingesehen, dass die zwei „Deutschen" ungefährlich waren und man hatte sie gewähren lassen. Sie hatten miteinander Deutsch gesprochen und sich vieles aus ihrem Leben mitgeteilt. Dieter mochte Hans, aber in diesem Moment ging er ihm auf die Nerven.

Dieter beobachtete, wie einige aus seiner Reihe hinfielen und nicht mehr aufstehen konnte. Daran hatte er sich mittlerweile gewöhnt. Jeden Tag gab es einige Gefangene, die hinfielen und liegen blieben. Sie hatten einfach keine Kraft mehr, verloren den Mut und blieben liegen. „Noch eine Stunde, dann sind wir da", versuchte ein gut meinender Aufseher sie zu trösten. „Der hat ja gut reden, der ist erst seit vier Tagen unterwegs, aber wir schon seit vier Monaten!", sagte Hans entmutigt zu Dieter. Dieser nickte nur mit dem Kopf. Er hatte schon gelernt, dass er nicht immer auf Hans' Äußerungen antworten musste.

Wie, das wusste Dieter später auch nicht zu sagen, aber er schaffte es tatsächlich bis zum nächsten Dorf. Vier Tage zuvor hatten sie zum letzten Mal Halt gemacht in einem kleinen Dorf. Seither waren sie ununterbrochen unterwegs. Getrunken wurde aus dem Straßengraben, zu essen gab es zwei harte Brotscheiben pro Tag. Auch nachts konnten sie nicht ruhen. Schnee und Schlamm ließen dies nicht zu.

Doch jetzt waren sie endlich bei ihrer nächsten Raststätte angekommen. Sie wurden direkt zu der kleinen Dorfkirche geführt. „Sie bringen uns in eine Kirche. Die meinen es ja gut mit uns!" Es war wieder Hans, der seinen Sarkasmus nicht für sich behalten konnte. Dieter hingegen sagte nichts, er freute sich einfach, sich fallen lassen und schlafen zu können.

Sie gehörten zu den ersten, die den Kirchraum betraten. Dieter erkannte sofort, dass die Kirche geplündert worden war. Er gab Hans zu verstehen, dass sie sich einen Platz neben dem Altar sichern wollten. „Endlich, das wurde aber auch Zeit. Ich spür meine Beine nicht mehr!" Während Hans es sich gemütlich machte, starrte Dieter auf die immer größer werdende Menschenmenge. „Hast du was?", fragte Hans ihn, als er Dieters Gesichtsausdruck sah. „Schau dir mal diesen Raum an, Hans. Es ist eine kleine Kirche. Sie fasst niemals 2000 Männer! Und die stopfen uns hier alle rein! Das ist unmöglich!" Die letzten Worte schrie er schon beinahe. Wie sollten sie hier auch nur ein paar Stunden ausruhen! Sie wurden immer näher zusammen gedrängt. Auf Männern, die sich bereits hingelegt hatten, wurde herumgetrampelt. Als alle Gefangenen in der Kirche waren, konnte man wirklich nur Rücken an Rücken zu stehen. Dieter hörte einen der obersten Aufseher rufen: „Verriegelt die Tür!" „Hörst du, Hans, die verschließen die Tür! Wir werden hier eingepfercht wie die Rinder!" Dieter geriet in Panik. Lieber wäre er draußen im Kalten. „Na klar, was denkst du denn, wie viele von uns hier bleiben würden, wenn wir raus dürften?" „Aber wo sollen wir denn hin? Es ist doch aussichtslos hier zu fliehen!" „Beruhige dich, Bruder. Die werden uns schon früh genug wieder rauslassen." Doch Hans' Versuche, Dieter zu beruhigen, fielen auf unfruchtbaren Boden.

„Dieter, ich muss mal", sagte Hans nach einigen Stunden. Doch dieser schenkte ihm kein Gehör. Er schaute apathisch vor sich hin. Die Enge des Raumes und die stickige Luft verschnürten ihm die Kehle. „Dieter, hast du gehört, ich muss mal!", wiederholte Hans. Er rüttelte an Dieters Arm. Da schaute Dieter ihn an. Nun war er dran mit dem Sarkasmus: „Dann frag doch einmal ganz höflich, wo hier die Toilette ist." Hans verdrehte die Augen. Er war ratlos. Sonst war es immer sein Freund, der einen klaren Kopf behielt.

Natürlich war Hans nicht der einzige, der sich erleichtern musste. Als die Soldaten gegen Morgen die Tür der kleinen Dorfkirche öffneten, kam ihnen ein Ekel erregender Geruch entgegen. Die Männer hatten ihren Bedürfnissen irgendwann freien Lauf gelassen. Was hätten sie anderes tun können?

„Los bewegt euch, eure Reise geht weiter, Jungs!" So wurden die Gefangenen am frühen Morgen begrüßt. Es gab keinen Einzigen, der nicht froh war, diesen Raum zu verlassen, auch wenn es hieß, wieder in Matsch und Schnee weiter zu marschieren.

Als Dieter und Hans die Kirche verließen, fiel Dieters Blick auf die Dorfbewohner, die vor ihren Häusern standen und traurig drein blickten. Dieter fühlte Mitleid mit diesen Menschen: „Die armen Leute! Wir haben ihr Gotteshaus entweiht." Er wusste ja, was für einen Wert die Kirche hatte. „Wie kannst du mit irgendeinem aus dem russischen Volk Mitleid haben, Dieter! Nach allem was sie euch angetan haben, müsstest du sie hassen!" Hans verstand Dieter nicht. Dieter jedoch war zu müde von der Nacht, um mit Hans lange zu diskutieren. Er zuckte einfach mit den Achseln.

Kaum waren sie bis zum Ende des Dorfes gekommen, da erwartete sie die nächste Überraschung. Die Soldaten, die sie bis zum nächsten Halt begleiten sollten, standen stramm. Geführt wurden sie von einem etwas älteren Offizier oder Major. Dieter kannte sich mit den militärischen Rangorden nicht aus. Aber er erkannte sofort, dass dieser Mann hier das Sagen haben würde. Sein harter Gesichtsausdruck und sein hasserfüllter Blick zeigten ihm, dass dieser Mann kein Menschenfreund war. Es lief ihm eiskalt über den Rücken.

Sie waren kaum eine Stunde unterwegs, da wurden sie durch einen lauten Ruf zum Anhalten aufgefordert. „Halt, alle stehen bleiben!" Der Offizier ließ seine eiskalten Blicke über seine Gefangenen gleiten. „Der sucht sich jetzt einen aus, den er schikanieren kann", flüsterte Hans Dieter zu. Dieter überlegte später immer wieder, ob es Hans Aussehen gewesen war oder ob es daran gelegen hatte, dass Hans gesprochen hatte. Es konnte beides sein. Auf jeden Fall fiel die Wahl auf Hans. „Du da, du mit dem blonden Haar, tritt vor!", brüllte der Offizier. Trotz der fünf Monate in russischer Gefangenschaft hatte Hans noch kein Russisch gelernt. Er wollte auch nicht. „Die tun mir weniger, wenn ich sie nicht versteh und sie mich nicht", hatte er stets behauptet. Er verstand also nichts von dem, was der Offizier ihm gesagt hatte. Doch dessen Gestik und Mimik zeigten ihm, dass er gemeint war. Sein Herz klopfte bis zum Zerspringen, als er aus der Reihe trat. Der Offizier sagte wieder etwas, das Hans nicht verstand. „Du da, komm mal her." Er zeigte auf Dieter. „Sprichst du Russisch?" Dieter nickte. „Übersetze, was ich ihm sage!" Mit ernstem Gesichtsausdruck sagte der Offizier: „Du bist frei, du darfst verschwinden. Lauf so schnell wie möglich!" Dieter übersetzte und fügte noch hinzu: „Hans, pass auf, was du tust. Der führt etwas im Schilde." Hans bewegte sich nicht. Der Offizier wurde wütend und schrie: „Los beweg dich, oder ich erschieße dich!" Hans schaute Dieter ein letztes Mal in die Augen und lief los. Er wusste nicht, was der Offizier vorhatte, aber etwas Gutes konnte es nicht sein.

Der Schnee stand ihm fast bis zu den Knien. Von Laufen konnte nicht die Rede sein, aber Hans bewegte sich so schnell er konnte weg von dem Trupp Gefangener, und zwar in Richtung Dorf zurück. Darin sah er seine einzige Chance. Dieter schrie ihm noch hinterher: „Alles Gute, Kamerad!", und dann sah er auch schon, wie der Offizier sein Gewehr zog und auf Hans zielte. Der Schuss verfehlte sein Ziel nicht. Hans war kaum 30 Meter gelaufen, da fiel er auch schon tot zu Boden. Sein Blut färbte den Schnee, in den er fiel. Dieter konnte sich fast nicht beherrschen. Am liebsten hätte er den Offizier angeschrieen, wäre auf ihn losgegangen und hätte ihn umgebracht. Doch er wusste, dass ihm das nichts bringen würde. Er hatte weder ein Gewehr noch die Kraft, um sich auf einen Zweikampf einzulassen. Auch die Erfahrung hatte er nicht. Deshalb schaute er nur zu Boden und schrie innerlich: „Gott, wo bist du? Hast du dich aus Russland ganz zurückgezogen?" Seine Beziehung zu Gott war nie sehr eng gewesen, aber jetzt hatte er seinen Glauben so gut wie verloren.

Der Offizier hatte sich mittlerweile wieder seinen Gefangenen zugewandt. „Ihr habt gesehen, was ich mit denen mache, die zu fliehen versuchen. Also, wagt es ja nicht, mich auf die Probe zu stellen!" Keiner der Gefangenen sagte ein Wort. Alle schauten nach unten auf ihre Füße, die einen halben Meter tief im matschigen Schnee standen.

Der Offizier wandte sich einem seiner Soldaten zu. „Denen hab ich es gezeigt, wer hier das Kommando hat. Ich werde sie alle in vier Tagen beim Arbeitslager abliefern, darauf kannst du Gift nehmen." Das mit den vier Tagen hatte Dieter gehört. Er wagte nicht zu hoffen, dass sein Vorgesetzter Recht hatte. Vier Tage? Sollten sie dann endlich am Ziel angekommen sein?

Tatsächlich. Am Ende des vierten Tages standen sie vor einem Gelände mit riesigen Baracken. Der ganze Hof war von einem hohen doppelten Stacheldrahtzaun umgeben. Dazu war der Zaun noch mit Brettern vernagelt. Kein Blick auf die Außenwelt war möglich. Von hier flieht keiner mehr, dachte Dieter bei sich. Außerdem war die Flucht nicht nur wegen der lückenlosen Bewachung, sondern auch wegen der geografischen Lage sinnlos. Das Lager befand sich tief im sibirischen Wald, vier Tagesmärsche vom Dorf entfernt.

Dieter vermisste Hans. Er vermisste es, mit ihm zu sprechen und er vermisste sogar sein Jammern und seine sarkastischen Aussagen. Hans, hättest du noch vier Tage ausgehalten, dann wären wir hier zusammen, dachte Dieter, während er den Hof betrat.

Tausende Meilen war er von zu Hause entfernt. Fünf Monate war er nun schon unterwegs gewesen, mal mit der Eisenbahn, die größte Strecke jedoch zu Fuß. Wie es wohl den anderen aus seiner Familie ging? Waren sie noch am Leben? Er überlegte: Es war August, als man mich holte. Mittlerweile musste schon das Jahr 1942 begonnen haben. Sollte das Schicksal es vielleicht sogar fügen, dass er seinen Vater hier in Sibirien irgendwo treffen sollte würde?

Doch Dieters Gedanken wurden unterbrochen. Sie wurden in Gruppen aufgeteilt und den jeweiligen Baracken zugewiesen. Es war schon spät am Abend. Dieter ließ sich auf seine Pritsche fallen und war sofort eingeschlafen. Sein Leben in der Hölle hatte einige Monate zuvor begonnen. Wie lange würde er es aushalten?

VI.

Katharinas Eintrag

Wir feiern Weihnachten 1941. Nach langer Zeit feiern wir mal wieder, das heißt natürlich nicht mit Weihnachtsbaum und großem Festessen, aber wir dürfen wieder über Jesu Geburt sprechen und von ihr singen. Gestern am Heiligabend haben wir in unserer Kirche die alten Weihnachtslieder gesungen. Beim Lied ‚Stille Nacht' hat Mama angefangen zu weinen.

Was denn eigentlich bei uns passiert ist, fragst du dich, liebes Tagebuch? Viel, sehr viel ist passiert! Ich erzähl mal alles von Anfang an. Wir wurden abgeholt, um Graben auszuheben. Damit sollte der Vormarsch der deutschen Panzer gestoppt werden. Bei Lukaschewa, in der Nähe vom Djnepr haben wir geschuftet, bis wir unsere Hände und Füße nicht mehr spürten. Fast zwei Monate waren wir dort. Wenn ich wir sage, dann mein ich Wanja und mich. Natürlich auch noch viele andere Liebenauer. Und eines Tages sagte man uns einfach, wir könnten gehen. Einfach so. Die Gräben waren noch lange nicht fertig. Doch wir merkten auch schon bald, woher der Wind wehte. Die Deutschen waren schon bis in unsere Kolonien vorgerückt. Nachher haben wir gehört, dass kein einziger unserer Gräben zu irgendetwas nütze gewesen war. Unsere harte Arbeit ist also völlig umsonst gewesen.

Gebracht wurden wir damals mit Wagen und einige auch mit Zügen. Doch jetzt kümmerte sich niemand um uns. Wir mussten zu Fuß nach Hause laufen. Und wir konnten schon fast nicht mehr. Doch der Wunsch, nach Hause zu kommen, war größer als unsere Schmerzen.

Als wir mehrere Wochen gewandert und fast zu Hause waren, trafen wir einige Liebenauer. Ich fragte natürlich sofort, ob sie was von Mama, Liese oder Dieter wüssten. Die sagten mir, dass alle weg seien. Wanja fing sofort an zu weinen und auch mir kamen die Tränen.

Als wir dann aber zu Hause ankamen, erlebten wir eine freudige Überraschung. Mama, Liese, Heini und Peter waren alle zu Hause. Wir fielen uns in die Arme und weinten. Dieter sei der Einzige, der verschickt worden sei, sagte uns Liese. Obwohl das natürlich traurig genug war, freuten wir uns, dass die anderen noch da waren. Dass sie noch da waren, war nur dem Wirken Gottes zuzuschreiben. Die Liebenauer waren wie durch ein Wunder gerettet worden. An jenem tragischen Tag hatten die Russen sie gewaltsam auf Wagen verpackt. Da es schon finster geworden war, hatten die russischen Beamten entschieden, am nächsten Tag in aller Frühe loszureisen. Doch am nächsten Tag waren die Deutschen im Dorf gewesen! Die Deutschen haben uns gerettet! Wären sie einen Tag später gekommen, so wären Mama, Liese, Heini und Peter weg. Wir hätten sie nicht wieder gesehen. An dem Abend, als wir nach Hause kamen, haben wir in der Familie einen kleinen Dankgottesdienst abgehalten.

Im Großen und Ganzen geht es uns viel besser jetzt. Wir haben wieder mehr Freiheit. Und Kühe haben wir auch wieder unsere eigenen. Zwei! Die Deutschen erlauben uns außerdem, in der Bibel zu lesen und uns auch zu Gottesdiensten zu treffen. Leider ist das so ein Thema mit den Andachten. Die Prediger sind alle abgeholt worden. Wer soll denn predigen? Mama hat mir erzählt, dass die jungen Männer, die noch da sind, nicht predigen können, weil sie noch nicht einmal getauft worden sind. Seit zwölf Jahren hat es bei uns kein Tauffest mehr gegeben! Von uns Kindern ist auch noch keiner getauft. Bei Dieter bin ich mir da nicht so sicher, ob er das überhaupt möchte. Wo er jetzt wohl ist, mein großer Bruder? Ob er noch lebt?

Wenn die Deutschen die Russen erst mal endgültig besiegt haben, wird alles noch besser! Dann kriegen wir bestimmt auch unseren Papa, Jakob und Dietrich zurück. Daran glaube ich ganz fest!!

Fünfter Teil
1943

I.

„Mama, in unserm Dorf sind ganz viele fremde Leute." Heini, der eben aus der Schule heimkam, war in heller Aufregung. „Ich kenne keinen von ihnen. Und alle kommen sie auf ihren Wagen. Was wollen die hier bei uns in Liebenau, Mama?" Elisabeth hatte den Strom von Menschen auch schon gesehen und sich, genau wie ihr Sohn, keinen Reim darauf machen können. Katharina kam einige Minuten später aus der Kolchose heim und erklärte, was sie gehört hatte.

„Das sind Flüchtlinge. Sie kommen vom Osten, Mama!" Heini verstand nicht mehr als vorher. Aber Elisabeth schaute ihre Tochter an. „Bist du dir da ganz sicher, Tina?"

„Jawohl, Mama, da gibt es keinen Zweifel. Sie kommen aus den Dörfern im Osten."

„Das bedeutet", ergriff Wanja das Wort, „dass die Russen gegen die Deutschen gewinnen und die Deutschen langsam aber sicher ihren Rückzug antreten." „Danach sieht es aus, Mama!" Katharina wollte ihre Mutter nicht beunruhigen, aber was half es, ihr die Wahrheit zu verschweigen? Ihre Mutter war krank, aber sie lebte. Sie würde es ja erleben, wie alle anderen auch.

„Mutter, im Dorf ist beschlossen worden, dass wir mit den Deutschen ziehen, wenn diese sich zurückziehen. Wir müssen also langsam unsere Sachen packen, denn es kann jeder Zeit losgehen."

Elisabeth, die mittlerweile schon 50 Jahre alt und von all den Strapazen in der letzten Hälfte ihres Lebens krank und müde geworden war, sagte: „Ja, packt mal eure Sachen. Aber ich geh hier nicht weg. Ich übersteh eine Flucht sowieso nicht. Ihr werdet alleine gehen müssen." Liese und Katharina schauten einander an. Sie sagten nichts, doch ihre Blicke sagten dasselbe: Das können wir nicht zulassen. Unsere Mama darf auf gar keinen Fall in Liebenau bleiben.

Am späten Nachmittag ging die Nachricht durch das Dorf: Am Abend Dorfsberatung in der Schule. Man wollte beraten, wie es weitergehen sollte.

Es waren wohl alle Einwohner von Liebenau anwesend. Ein deutscher Parteifunktionär versuchte die aufgeregte Dorfsversammlung zu beruhigen: „Deutschland hat die Schlacht in Stalingrad zwar verloren. Das bedeutete aber noch lange nicht, dass deshalb auch der Krieg verloren ist. Ihr braucht keine Angst zu haben. Die Deutschen kriegen wieder alles ins Lot. Fürchtet euch nicht! Die ersten tausend Jahre gibt der Führer die Ukraine nicht ab!"

Zwar nicht zufrieden, aber dennoch etwas beruhigter gingen die Liebenauer an diesem Abend nach Hause. Adolf Hitler, der schien im Moment der von Gott Auserwählte zu sein. Das glaubten die meisten Deutschen, und das wollten sie hier in den mennonitischen Dörfern in der Ukraine auch glauben.

Die Tatsache, dass die Frontlinie dann auch noch um drei- bis vierhundert Kilometer vom Dnjepr nach Osten verschoben wurde, beruhigte sie noch etwas mehr. Aber dennoch war es den Liebenauern bewusst, dass der Tag der Flucht zwar aufgeschoben, aber nicht aufgehoben war. Am liebsten hätten sie trotz allem lieber gestern als heute die Flucht angetreten, um sich in Sicherheit zu bringen.

Doch der Herr von der Besatzungsbehörde sagte zu Liese, die ihn darauf angesprochen hatte: „Kommt nicht in Frage! Es soll keine Panik unter dem ukrainischen Volk hervorgerufen werden! Ihr bleibt mal alle schön hier! Der Führer hat alles unter Kontrolle!" In Wirklichkeit, so dachte Liese bei sich, scheint er im Moment vieles nicht unter Kontrolle zu haben. Er hat einfach Angst davor, dass andere Leute erkennen, dass auch die deutsche Wehrmacht ihre Schwächen hat.

Und so war es auch. Die tausend Jahre, von denen der Parteifunktionär gesprochen hatte, waren leider nur sehr kurz.

II.

Katharina blieb fast das Herz stehen. Was sie sah, schockierte sie dermaßen, dass sie nicht einmal Liese, die neben ihr lag, wecken konnte. Es war fast Mitternacht. Alle im Hause der Familie Braun hatten sich schon schlafen gelegt. Doch Katharina war innerlich so bewegt in den letzten Tagen, dass sie nicht hatte einschlafen können. Über so viel musste sie nachdenken. Die Front zwischen deutschen und russischen Truppen rückte immer weiter westwärts, mit anderen Worten, sie kam immer näher heran. Irgendwann würde es soweit sein, dass sie fliehen mussten. Katharina hatte schon überlegt, was sie mit auf die Flucht nehmen würde. Alles, was sie noch hatte, lag ihr sehr am Herzen.

Doch in diesem Augenblick dachte Katharina nicht an ihre Sachen. Sie dachte nur: Jetzt ist es soweit! Irgendein Geräusch hatte ihre Aufmerksamkeit geweckt. Ein Grollen und Donnern aus der Ferne. War das etwa schon die Front? Sie schaute zum Fenster hinaus und ihre Ängste und Zweifel bestätigten sich. Sie sah den Himmel rot verfärbt, es leuchtete mal mehr mal weniger. Katharina hatte noch nie so etwas gesehen, und dennoch war sie sich ganz sicher. Das Feuer, die Blitze und das Donnern das war die näher rückende Front.

Nach einigen Minuten der Fassungslosigkeit fand sie endlich ihre Sprache wieder. „Liese… Liese, schau einmal!" Sie flüsterte die Worte nur, denn sie wollte den mittlerweile schon dreijährigen Peter nicht wecken. Liese war sofort wach. „Was ist los, Tina?" „Schau einmal zum Fenster raus, dann weißt du es." Liese erhob sich und sah das rote Licht am Horizont, das wie Wetterleuchten aussah. Sie sagte nichts, sie konnte nichts sagen. Eine Träne lief ihr über die Wange. Es war also soweit. Ein neues Leben würde beginnen. Würde sie es schaffen, mit ihrem kleinen Peter zusammen? Im Stillen hatte sie immer noch gehofft, dass irgendeine Nachricht von Jakob zu ihr dringen würde. Nicht ein einziges Mal hatte sie nach seinem Verschwinden vor drei Jahren etwas gehört. Wie sollte Jakob sie finden, wenn sie Liebenau verlassen würde? Sie konnte unmöglich eine Adresse hinterlassen, denn auf der Flucht hatte man kein Zuhause. Wie sollten sie sich also jemals wieder finden?

„Wir müssen verschwinden", sagte Herr Neufeld, einer der wenigen Männer, die noch in Liebenau waren. „Die Russen haben die Taktik der Deutschen übernommen. Sie wollen mit Panzern das ganze Gebiet des Schwarzen Meeres einkesseln. Wenn ihnen das gelingt, sind wir verloren, denn dann machen sie mit uns, was sie wollen. Wir sind es ja schließlich, die den Deutschen zugejubelt haben, als sie vor zwei Jahren unsere Dörfer besetzten." Die Gruppe der versammelten Liebenauer, darunter auch Wanja und Liese, bekamen eine Gänsehaut. Ihre Angst wuchs ständig.

Auch ein Beamter der deutschen Besatzungsbehörden nahm an dieser Beratung teil. Sie glaubten immer noch nicht, dass die russischen Verbände schon so stark seien. Aber ihnen schenkte keiner mehr Gehör. Man würde fliehen, auch gegen den Willen dieser deutschen Fanatiker, die immer noch fest von Hitler und seinen Strategien überzeugt waren.

„Morgen geht's los", beendete Herr Neufeld die Versammlung. „Packt heute Abend noch das Wichtigste zusammen und backt, soviel ihr mitnehmen könnt. Wir wissen nicht, wann wir das nächste Mal an Essen herankommen werden."

Mit dieser Nachricht kamen Liese und Wanja nach Hause. Liese verteilte rasch die Aufgaben. „Tina, du kannst mit Heini zusammen so viele Sachen wie möglich packen. Wanja wird sich um unsere zwei Kühe kümmern, die müssen unbedingt mit. Und Mama und ich werden Brot backen und es rösten. So hält es am längsten." Elisabeth hatte alles schweigend mit angehört und zugeschaut. Obwohl sie neulich gesagt hatte, dass sie bleiben werde, packte sie jetzt mit an. Sie wollte nicht weg von Liebenau, aber sie wollte es ihren Kindern nicht noch schwerer machen. Die waren schon so tapfer.

„Was soll ich denn mitnehmen?", jammerte Heini. Er war inzwischen schon 12 Jahre alt und wurde wütend, wenn man ihn Heini nannte. Heinrich, so wollte er genannt werden. Doch für seine Geschwister war und blieb er der kleine Heini. Daran konnten auch seine Wutausbrüche nichts ändern.

„Am besten nehmen wir alle Kleider mit. Wir haben September, das bedeutet, wir gehen direkt auf den Winter zu. Es kann kalt werden. Und sonst…" Katharina überlegte fieberhaft, was denn lebenswichtig sei. Ihr Wagen war nur klein. Viel Unnötiges konnten sie nicht mitnehmen. Dann fiel ihr die kleine Kiste unter Mamas Bett ein. „Hol die Kiste mit den Fotos", forderte sie Heini auf. „Da sind alle unsere Fotos und sämtliche Familienbilder, die wir besitzen, drinnen. Die müssen mit. Wenn der Papa und Dietrich schon nicht mitkönnen, dann wenigstens ihre Fotos. Irgendwie müssen wir sie ja in Erinnerung behalten." Beim letzten Satz brach Katharina in Tränen aus. Immer noch hatte sie schwer mit dem Verlust ihres Vaters zu kämpfen. Und die jetzige Situation tat das

Übrige. Es war einfach zu viel für sie. Heini schaute sie mit großen, erschrockenen Augen an. Einen Moment lang überlegte er, ob er seine Schwester kurz in den Arm nehmen sollte. Doch dann ließ er den Gedanken fallen. Er als großer Junge… nein, das ging nicht.

So packten sie schweigend weiter alles in ihre Holzkisten, während im anderen Teil des Hauses Braun fleißig Essen vorbereitet wurde. Und dasselbe spielte sich in den etwa 30 anderen Heimen in Liebenau ab. Fast überall waren es nur Frauen und Kinder bis zu 16 Jahren. Sie bereiteten sich auf eine Reise vor, von der sie nicht wussten, wohin sie führen und wann sie ankommen würden. Eine ungewisse Zukunft lag vor ihnen. Wohl keiner von den Erwachsenen tat in dieser Nacht ein Auge zu.

III.

Am nächsten Morgen glich das Dorf Liebenau einem Ameisenhaufen. Es herrschte reges Treiben. Alle Bewohner rannten hin und her, um noch die letzten Kleinigkeiten auf den Wagen zu laden. Katharina beobachtete, dass viele Frauen Sachen mitnahmen, die sie persönlich nicht gerade lebensnotwendig hielt. Töpfe und Pfannen, ja sogar ein Bügeleisen. Sie staunte. „Die können sich nicht so einfach von ihren Sachen trennen", bemerkte Liese, die Katharinas erstauntes Gesicht gesehen hatte.

Wanja war dabei, der Mutter eine bequeme Liege auf dem Wagen einzurichten. Die Mama war schwach und krank, sie würde keinen langen Fußmarsch aushalten. Er war fast fertig damit, als Heini und seine beiden Schwestern ankamen. „Können wir die Mutter schon bringen?", fragte Liese. „Ja, bringt sie nur", antwortete Wanja und Heini forderte er auf: „Komm Brüderchen, hilf mir noch bei den letzten Kleinigkeiten." Normalerweise hätte Heini sich über das ‚Brüderchen' geärgert, aber in dieser Situation überhörte er es. Es war viel zu aufgeregt. Genau wie alle anderen Liebenauer auch. Es galt für sie jetzt, die wenigen Habseligkeiten und ihr Leben zu retten. Es herrschte wilde Aufregung, ja beinahe Panik. Keiner wollte in die Hände der Sowjets fallen.

Besonders groß war die Panik bei den Frauen, deren Mann schon ‚abgeholt' worden war. Manche hatten nicht einmal einen vernünftigen Wagen, um die Flucht antreten zu können. Die Verzweiflung dieser Frauen war unbeschreiblich.

„Wanja, Wanja!" Jemand rief von ziemlich weit her. Wanja schaute sich nach dem Rufenden um. Er erkannte Herrn Neufeld, der den Trupp der Flüchtlinge anführen würde. „Wanja, endlich finde ich dich. Habt ihr noch einen Platz frei? Frau Friesen sitzt mit fünf Kindern und ohne Wagen da. Wir müssen sie einfach irgendwo unterbringen. Kannst du jemanden von ihnen mitnehmen?"

Wanja sah seine Schwestern Liese und Katharina an. Ihr Wagen war eigentlich voll und dazu kam noch, dass die Mutter die ganze Zeit über liegen würde. „Das geht nicht, wir haben keinen Platz mehr. Wir müssen uns um Mama kümmern, da bleibt kein Raum für andere Leute!" Katharina hatte es nur geflüstert, aber Wanja und Liese hatten es verstanden. Liese überlegte laut. „Und wer würde sich um Peter kümmern, wenn ich nicht mehr da wäre? Oder wer würde Heini mitnehmen, wenn er plötzlich alleine wäre?" Wanja nickte. „Wir können jetzt nicht nur an uns denken, Tina!" Und zu Herrn Neufeld gewandt sagte er: „Zwei von den Kindern können hier mitfahren." „Danke, Gott wird es euch vergelten."

Nach einer knappen Stunde setzte sich die Wagenkolonne in Bewegung. Alle Dorfbewohner waren irgendwie verladen worden. Obwohl die Aussichten für die Zukunft sehr dunkel aussahen, wollte keiner zurückbleiben. Keiner wollte den Russen in die Hände fallen.

Alle waren erfüllt von einem bangen Angstgefühl. Katharina sah noch einmal auf ihr Haus, ihren Hof, auf das, was ihnen einmal gehört hatte. Tränen liefen ihr über die Wangen. Mit einem Seitenblick sah sie, dass auch die Liebenauer in ihrer Nähe weinten. Schweren Herzens trieben sie die Pferde an. Die Kühe, die den Wagen folgen sollten, rührten sich nicht von der Stelle. Es schien, als wollten sie den Menschen die Aussichtlosigkeit ihres Handelns zeigen.

Elisabeth sagte zu ihren Kindern: „Schaut Kinder, die Kühe wollen uns zeigen, dass es keinen Zweck hat, davonzulaufen. Es ist zu spät, sie werden uns einholen." Keiner ging auf die Aussage der Mutter ein. Wanja schlug zum wiederholten Mal auf den Rücken der zwei Kühe. Sie mussten sich jetzt einfach bewegen. Es gab keinen anderen Ausweg. „Kommt schon, ihr Viecher! Los, ihr könnt uns jetzt doch nicht im Stich lassen!" Er brüllte, so verzweifelt war er.

Irgendwann, Katharina erschien es wie eine kleine Ewigkeit, zog die Wagenkolonne los und wurde immer länger. Ein letzter Blick auf das, was für so viele Jahre ihre Heimat gewesen war. Zum allerletzten Mal. Irgendwo brach jemand weinend zusammen. Es war Frau Wiebe. Sie war ganz allein. Ihr Mann und ihre ältesten beiden Söhne waren abgeholt worden. Ihre drei Töchter lagen in der Liebenauschen Erde begraben. Nie mehr würde sie am Grab ihrer Töchter stehen können.

Zurück blieben leere Häuser und Ställe, ein totes Dorf. Katharina meinte das Dorf sprechen zu hören: „Ach, lasst mich doch nicht so alleine, es war doch immer so schön hier." Doch schon nach einigen Minuten entschwand es ihrem Auge auf Nimmerwiedersehen.

„Schaut euch das an!" Katharina konnte vor Staunen ihren Mund nicht schließen. Nach einigen Stunden Fahrt hatten sie Schönsee, ihr Nachbardorf erreicht. Die Wagenkolonne hatte sich rapide verlängert. Aus allen Richtungen stießen Wagen hinzu. Die meisten Menschen sprachen auch Deutsch, viele sogar Plattdeutsch. Doch Katharina kannte sie nicht. Sie hatte sich in der letzten Stunde darauf konzentriert, die Liebenauer nicht aus den Augen zu verlieren. Bei der Menschenmenge war es fast unmöglich, die Übersicht zu behalten. Doch was sie jetzt sah, brachte sie ganz davon ab, nach ihren Bekannten Ausschau zu halten. Es war, als versetze ihr jemand einen Stich ins Herz.

„Was ist denn hier passiert?", fragte sie Liese, die ebenfalls schaute und staunte. Schönsee war stets ein schönes Dorf gewesen. Katharina war des Öfteren mit ihrem Vater mitgefahren, als sie noch kleiner war. Die prächtigen Gärten und schön gepflegten Häuser und Höfe hatten sie damals sehr beeindruckt. Doch heute sah alles anders aus. Die Felder waren total verwüstet. Die Türen und Fenster standen sperrangelweit offen. Wenn man ins Innere der Häuser schaute, sah man, dass Plünderer bereits am Werk gewesen waren. Die Vorratskammern, Schränke und Dachkammern waren durchstöbert und geplündert. Die Vorhänge waren heruntergerissen worden, Glasscherben lagen am Boden und die Betten waren mit Säbel und Messer aufgeschlitzt worden. Jemand hatte wohl gedacht, dass hier doch irgendwo wertvolle Schätze zu finden wären. Es war ein riesiges Durcheinander. In der Nähe eines Stalles sah Katharina auf dem ganzen Boden verstreut Teile von geschlachtetem Vieh liegen. Jemand hatte wohl in aller Eile noch etwas Fleisch gebraucht. „Das ist ja einfach furchtbar", war das Einzige, was Katharina sagen konnte. „Was denkst du denn, wie es bei uns in einigen Stunden aussehen wird? Bestimmt sieht es genauso oder noch schlimmer aus." Wanjas Worte öffneten ihr die Augen. Daran hatte sie noch kein einziges Mal gedacht. In dem Gedanken an ihre Sachen und ihr schönes Elternhaus, das sie zurückgelassen hatte, kamen ihr die Tränen. Wie kann das Leben nur so grausam sein?

Liese sah ihre Tränen und legte ihren Arm um ihre jüngere Schwester. Auch ihr war nach Weinen zumute. Ihr schmerzten die Füße jetzt schon vom Gehen, und das nach noch nur wenigen Stunden Fußmarsch. Wie würde diese Flucht noch enden? Wie weit würden sie kommen?

Am Ende des Dorfes stauten sich die Wagen. Die Kolonne bewegte sich nicht mehr. „Was da vorne wohl los ist?", fragte Wanja. „Ich geh einmal schauen. Es sieht so aus, als gäbe es eine Beratung." Und so war es auch. Als er zurück zum Wagen kam, berichtete er: „Die Leitung hat beschlossen, dass alle Frauen und Kinder ab hier mit dem Zug bis Halbstadt fahren. Die wenigen Jungen und Männer, die unter uns sind, kommen in einigen Tagen auch dort an. Das heißt für uns, dass du und Katharina Mama auf der Zugreise begleiten", wandte er sich an Liese. Obwohl diese einerseits begeistert war, ihre Füße etwas ruhen lassen zu können, konnte sie sich mit dem Gedanken nicht so recht anfreunden, ihre beiden Brüder alleine zu lassen. „Ich weiß nicht, ob das so eine gute Idee ist, Wanja. Wir können euch doch nicht allein lassen." „Denk einfach an Mama und nicht so sehr an uns. Sie braucht euch und wir schaffen das auch schon alleine." Liese wollte eigentlich etwas erwidern, doch da fiel ihr wieder ein, wie sie Dieter hatte beschützen wollen und wie er trotzdem abgeholt worden war. „Also gut, machen wir's so."

So trennten sich die Liebenauer schon am Anfang ihrer langen beschwerlichen Reise. Die Frauen waren in weniger als einem Tag in Molotschansk, wie Halbstadt von den Russen genannt wurde. Hier warteten sie auf ihre Fuhrwerke.

Die Halbstädter waren noch nicht zur Flucht aufgebrochen. Obwohl sie aber schon feste mit den Vorbereitungen beschäftigt waren, nahmen sie die Liebenauer noch in ihre Heime auf. Katharina und Liese kamen mit ihrer Mutter zu einer Frau Janzen. „Seid mir willkommen. Ich habe nichts anzubieten als ein Dach überm Kopf und eine warme Suppe. Aber das Bisschen, was ich habe, will ich gern mit euch teilen." Katharina fand die Frau sofort sehr sympathisch.

Während der Tage in Halbstadt freundeten sie sich mit Frau Janzen gut an. „Es ist jetzt schon sechs Jahre her, seitdem man meinen Mann geholt hat. Ich habe nie wieder etwas von ihm gehört." So teilten sie, Elisabeth und Liese, das gleiche Schicksal. Frau Janzen hatte noch vier Kinder im Hause. Die älteren zwei Söhne waren ebenfalls verbannt worden. „Ich habe Angst, die Flucht anzutreten. Mein kleiner Franz hat einen künstlichen Fuß. Er hatte die Kinderlähmung und lernte erst mit 10 Jahren gehen. Wie soll er den Fußmarsch schaffen?" Keiner konnte sie trösten, aber alle wussten, dass es keinen anderen Ausweg gab als die Flucht in den Westen anzutreten.

„Sagte Wanja nicht, es würde nur drei Tage dauern, bis sie hier ankommen würden?" Katharina machte sich langsam schon Sorgen um ihre beiden Brüder. Mittlerweile waren 10 Tage vergangen und von den Fuhrwerken aus Liebenau war nichts zu sehen und zu hören. Was, wenn sie eine falsche Richtung eingeschlagen hatten? Frau Janzen versuchte sie zu beruhigen. „Kinder, es geht nur langsam vorwärts mit den Wagen. Außerdem hat es kräftig geregnet. Das erschwert alles. Ihr werdet sehen, die tauchen hier bald auf!"

Und Frau Janzen sollte Recht behalten. Am zwölften Tag tauchten Wanja und Heini endlich auf. Wenn sie auch auf der Flucht waren, so gab es doch ein fröhliches Wiedersehen. Doch diese Freude wurde bald getrübt. „Wir müssen sofort weiter, die Front ist schon ganz in der Nähe." Das war ein Schlag. Da sie schon einige Tage nichts mehr gehört hatten, hatten sie gehofft, dass die Kämpfe etwas nachgelassen hatten. Doch es war anders.

Am Abend half Katharina Frau Janzen noch etwas Brot für die Reise zu backen. Frau Janzen hatte entschlossen mit ihnen zu gehen. „Ihr habt doch keinen Platz mehr", hatte sie sich anfangs geweigert. „Wir rücken halt näher zusammen. Und der kleine Franz kann meinen Platz auf dem Wagen haben", hatte Liese sie überredet.

Es war überhaupt keine Frage. Frau Janzen hatte sie aufgenommen und sie verpflegt, jetzt würden sie sie auch mitnehmen. Darin waren sich alle einig.

Es war noch dunkel, aber im Hause Janzen herrschte reges Treiben. Bei Sonnenaufgang sollte es losgehen. Wanja hatte das Lager für die Mutter bereits wieder auf dem Wagen vorbereitet. Die erste Strecke des Weges würde sie allein mit Franz auf dem Wagen sein. Später würden sie abwechselnd mal mitfahren, um ihren Beinen und Füßen etwas Erholung zu gönnen.

Und so verließen sie Halbstadt. Schon bald stießen sie auf andere Kolonnen. Die meisten Dörfer hatten ihre Reise schon angetreten. Nun galt es, Schlange zu stehen, um überhaupt weiterzukommen. Man versuchte so gut wie möglich die Dorfsgruppen zusammen zu halten.

Wanja kam mit einem Jungen ins Gespräch. Sie waren schon viel länger unterwegs. Aus Rudnerweide kamen sie, einem Dorf, das viel weiter im Osten lag. „Wir sind schon seit August unterwegs", erzählte Werner, so hieß der Junge, der im selben Alter wie Wanja war. „So einige Strapazen haben wir schon hinter uns. Nachdem das Wetter einige Wochen regnerisch gewesen war, wechselten wir von den Feldwegen auf gepflasterte Wege. Da würden wir, so dachten wir, schneller vorwärts kommen. Aber weit gefehlt. Da unsere Pferde schon lange keine neuen Hufeisen erhalten hatten, fingen die Hufen an zu bluten und sich zu entzünden. Also fuhren wir wieder auf Feldwegen weiter."

So tauschten sie einige Erfahrungen aus, während sie darauf warteten, in die Schlange eingereiht zu werden.

Vier Tage waren sie unterwegs, bis sie wieder einmal Halt machen konnten. Es hatte nicht geregnet und sie waren schnell vorwärts gekommen. Burwalde hieß das Dorf, durch das sie kamen. Baburka nannten es die Russen. Es war nämlich so, dass alle Dörfer mit deutschem Namen nach dem 1. Weltkrieg russische Namen erhalten hatten. Doch die Mennoniten waren bei ihren alten Namen geblieben.

Burwalde war weitgehend verlassen, als sie ankamen. Die meisten waren wohl ebenfalls auf der Flucht oder bereits verschleppt worden. Man entschied in diesem Dorf zu rasten. Eine Nacht wollte man etwas ausruhen. Länger konnten sie es sich nicht leisten, denn am Horizont sah man das rote Wetterleuchten der Front immer näher kommen.

„Wir müssen die ganze Nacht über Wache halten und uns gegenseitig benachrichtigen, wenn etwas Besonderes beobachtet wird." Die jungen Männer teilten sich die Nachtstunden ein, damit alle auch noch etwas zur Ruhe kamen. Die Wagen und die gesamte Ladung wurden reisefertig gelassen, wenn es zum plötzlichen Aufbruch kommen sollte.

Etwa um drei Uhr war Wanja dran. Er hatte etwas geschlafen und saß nun mitten auf der Dorfstraße und beobachtete das immer stärker auflodernde Feuer am Himmel. Werner gesellte sich um halb vier zu ihm. „Ich kann eh nicht schlafen", sagte er, als Wanja ihn fragend anschaute, denn Werner hatte seine Wache schon hinter sich. „Noch nie in meinem Leben ist mir eine Nacht so lang vorgekommen." Damit bestätigte Wanja, dass auch er ähnliche Gefühle hatte. „Schau, das rote Feuer am Himmel kommt immer näher. Ob wir die anderen wecken sollten?" Wanja war sehr unsicher. Alle hatten den Schlaf nötig, aber die Gefahr wurde immer größer. „Ich denke, wir sollten es tun. Bleib du mal hier und ich such einen der älteren Männer und gebe Bescheid." Und damit war Werner auch schon verschwunden.

Die Entscheidung ließ nicht lange auf sich warten, denn nach einer halben Stunde hörte man auch schon den Geschützdonner. In aller Eile rief man alle Leute zusammen. Die Kinder, die die Situation nicht erfassten, weinten, weil sie aus dem Schlaf gerissen wurden. Doch es gab kein Erbarmen. Wollte man seine Haut retten, musste man verschwinden, und das so schnell wie möglich.

Man trieb zur Eile an, doch da so viele Wagen hintereinander fuhren, kam man kaum vorwärts. Dies verursachte wiederum eine Panik unter den Leuten. Man begann sich anzuschreien: „Vorwärts, schnell, wir kommen hier alle um!" Die Frauen schrieen und die Kinder weinten. Wie sollten sie auch verstehen, dass es hier um Leben und Tod ging?

„Wir müssen unseren Wagen erleichtern, sonst kommen wir nicht weiter!", schrie Frau Janzen in dem ganzen Rummel. „Was?!" Obwohl Katharina verstanden hatte, glaubte sie nicht verstanden zu haben. „Wieso erleichtern? Wir haben schon nur noch Essen dabei, und das brauchen wir!", schrie sie zurück. „Wenn wir nichts abwerfen, brauchen wir das vielleicht nicht mehr, Katharina!" Liese hatte mitgehört und auch verstanden, was Frau Janzen meinte. So schwer es ihr auch fiel, musste sie sich eingestehen, dass diese Frau Recht hatte. Wäre der Wagen leichter, würden sie schneller vorwärts kommen. Sie warf einen großen Schinken hinunter. Frau Janzen hatte in Halbstadt noch ihr letztes Schwein geschlachtet, um es mit auf die Reise zu nehmen.

„Der schöne Schinken, der hätte uns so gut geschmeckt!" Heini hatte sie beobachtet und verstand genau so wenig wie Katharina, was das sollte. Liese schaute ihre Geschwister nur traurig an und zuckte mit den Schultern, was so viel bedeuten sollte wie: Was bleibt uns anderes übrig?

Auch hatten sie zwei Pfannen und einen Topf. Liese überlegte. Braten konnten sie auch in dem Topf, aber kochen nicht in der Pfanne. Also warf sie die beiden Pfannen herunter. Sie selbst hatte auf dem Wagen gesessen und sprang nun herunter. Es würde schneller gehen, wenn sie neben dem Wagen her lief. Ihren Peter ließ sie bei ihrer Mutter auf dem Wagen.

„Mist, Aua! Ich habe mir wehgetan!" Heini hatte nicht nach vorne geschaut und war über einen großen Kochtopf gestolpert. Es ging also noch anderen so, dass sie wertvolle Sachen wegwarfen, um die Wagen zu erleichtern. Alles, was die Last vermehrte, wurde schonungslos vom Wagen geworfen. Nur noch so schnell wie möglich vorwärts.

Wer nicht dem sicheren Tode verfallen wollte, musste vorwärts – nur vorwärts. Denn die Flieger kamen immer näher. Man hörte sie ganz deutlich – und es gab kein Entrinnen, kein Verstecken. Es war schon hell geworden, sodass auch keine Hoffnung bestand, dass die Flieger sie in der Dunkelheit nicht entdecken würden.

Katharina konnte keinen klaren Gedanken mehr fassen. Sie spürte ihre Füße kaum noch. Sie lief und weinte. Keinem fiel es auf, denn alle dachten nur noch daran, sich irgendwie vor den Fliegern zu schützen. „Liese, wo bist du?" Sie hatte Liese aus den Augen verloren. Sie schaute nach rechts und entdeckte Heini. Schnell fasste sie ihn an die Hand. Sie wollte nicht alle Familienangehörigen verlieren.

Angst und Spannung beherrschten diese Menschenmenge. Die Kinder weinten, weil sie nicht wussten, was mit ihnen passierte, und die Mütter weinten, weil sie sehr gut wussten, was ihnen passieren würde. Die jungen Männer gaben ihr Bestes, um die Pferde zu immer noch mehr Anstrengung anzuspornen. So manch ein Gebet stieg zu diesem Himmel empor, an dem sich die Flieger befanden. Viele von diesen Menschen glaubten selbst in dieser Situation noch, dass da oben ein Gott war und dass dieser sie nicht vergessen hatte.

Katharina schickte gerade ein Stoßgebet zum Himmel, als sie nach oben schaute. Die Flieger waren nun direkt über ihnen. Sie hatte jedoch nicht lange Zeit zu überlegen, was wohl kommen möge. Sie hörte ein leises, aber langes Zischen und einige Minuten später krachte es. Sie hatten also eine Bombe abgeworfen.

„Liese, Mama, ist bei euch alles in Ordnung?", hörte sie Wanja rufen. In dem Chaos hörte Katharina aber keine Antwort. Sie schaute sich um, ob sie getroffen worden waren. Unmittelbar neben ihr sah sie einen Wagen in Flammen aufgehen. Es war jedoch nicht ihr eigener.

Noch mindestens fünf Mal wiederholte sich das Zischen und Krachen und dann war es plötzlich still, ja fast totenstill. Die ganze Wagenkolonne stand von einer Minute zur anderen. Die Flieger waren weitergeflogen. Die Stille war fast unerträglicher als das Getöse einige Minuten zuvor. Jeder wartete schweigend, ob noch weitere Flieger im Anflug waren.

Irgendwo fing ein Kind an zu weinen und brach die Grabesstille. Alle begannen wie wild durcheinander zu laufen und zu reden. Jeder suchte seine Angehörigen und nahen Bekannten und wollte sich vergewissern, dass sie am Leben waren.

Katharina lief als erstes zu ihrer Mutter. Sie lag unverletzt auf dem Wagen. Neben ihr saß der kleine Peter und weinte. Liese war auch schon da und versuchte, ihn zu beruhigen. Frau Janzen kümmerte sich um ihre Kinder und Heini und Wanja waren dabei, ihre Pferde zu beruhigen. Es waren also alle wohlbehalten geblieben. Katharina atmete erleichtert auf.

Während sich alle in der Familie darüber freuten, dass sie am Leben geblieben waren, hielt Liese ihren Sohn in den Armen. Sie drückte ihn ganz fest an sich. Dabei beobachtete sie eine andere junge Frau, die einige Wagen neben ihnen stand. Sie kannte diese Frau nicht, sah aber, dass sie verzweifelt weinte. In den Armen hielt sie ein lebloses Bündel, einen Säugling. In dem ganzen Durcheinander hatte sie ihn wohl so fest in den Armen gehalten, dass er in den Decken keine Luft bekommen hatte und dabei erstickt war. Und nun, da die Frau sah, dass sie ihr eigenes Kind umgebracht hatte, wollte ihr das Herz brechen.

Liese empfand großes Mitleid mit dieser Frau, die da so alleine um ihr Kind trauerte. Höchstwahrscheinlich war ihr Mann auch schon vor einiger Zeit abgeholt worden. Doch vielleicht, so musste Liese denken, ist es besser so für dieses Kind. Wer weiß, was uns noch alles bevorsteht!

IV.

Nun war es schon einen Monat her, seit sie Liebenau verlassen hatten. Zwischendurch hatten sie immer wieder einmal in ukrainischen Dörfern Halt gemacht. Die Ukrainer hatten sie trotz der Umstände freundlich in ihre kleinen Lehmhütten aufgenommen. Doch die Front war ihnen immer noch auf den Fersen. Sie konnten es sich nicht erlauben, lange auf einer Stelle zu bleiben.

An diesem traurigen Tag hatten sie in einem kleinen Dorf in der Nähe von Baratov übernachtet. Eine ältere Ukrainerin hatte die ganze neben dem anderen auf dem kalten Erdboden. Es war kein sonderlich bequemes Lager, aber man konnte sich zumindest einmal ausstrecken. Draußen schob die Sonne ihre ersten Strahlen durch die Wolken. Katharina freute sich. Das wird bestimmt ein schöner Tag. Endlich einmal kein Regen.

Doch bevor sie sich noch länger über etwas freuen konnte, hörte sie draußen lautes Rufen und bald darauf auch schon ein Klopfen an der kleinen Eingangstür.

Wanja war ebenfalls schon wach gewesen und war gleich an der Tür. Ein älterer Herr begrüßte ihn. Katharina kannte ihn nicht, hatte ihn aber schon einige Male gesehen. Er musste einer der Leiter des Flüchtlingstrecks sein. Sie hörte ihn nun sagen: „Wir haben beschlossen, dass ein Teil der Kolonne mit dem Zug weiterfahren soll. Wir kommen zu langsam vorwärts. Die Frauen und die Kinder sollen in einigen Stunden zum Bahnhof gebracht werden. Die Männer und einige mutige Frauen sollen mit den Fuhrwerken nachkommen."

Nachdem Wanja sich für die Information bedankt hatte, kam er wieder zurück ins Innere des Hauses. Die anderen waren von diesen Worten geweckt worden. Nur Heini schlief noch. Mit seinen zwölf Jahren war er in vielen Sachen noch ein Kind, auch wenn er dies heftig abstritt.

„Ihr habt gehört, was er gesagt hat. Was machen wir? Wer fährt mit dem Zug und wer bleibt bei den Fuhrwerken?" Es entstand ein kurzes Schweigen. Jeder dachte nach. Dann sprach Wanja weiter. Er ist ein reifer junger Mann geworden, dachte Elisabeth im Stillen. Er hat immer mehr Ähnlichkeit mit seinem Vater. Doch jetzt hatte sie keine Zeit, über Dietrich nachzudenken.

„Frau Janzen und ihre Kinder müssen mit dem Zug mit. Mama natürlich auch. Und Liese und Peter werden sie begleiten. Bleiben also noch Heini und Tina. Wer von den beiden bleibt bei mir?" Er überlegte einen Moment. „Heini ist zwar ein Junge, aber Tina ist stärker und erfahrener. Sie hält mehr aus als Heini." Elisabeth hätte am liebsten widersprochen. Ihre Tochter sollte alleine bei den Männern und den Fuhrwerken bleiben? Doch sie wusste selbst nur zu gut, dass es keine andere Möglichkeit gab, als sich zu trennen. Außerdem war sie schon so schwach, dass sie kaum die Kraft gehabt hätte, sich auf eine Diskussion mit Wanja einzulassen.

„Na Schwesterchen, was sagst du? Bleibst du bei mir?" Katharina sah ein, dass hier schon für sie entschieden war. Also nickte sie nur zustimmend. „Gut, dann bring ich euch jetzt gleich zum Bahnhof, damit ihr nicht den schlechtesten Platz erwischt." Inzwischen hatte Liese Heini geweckt und ihm in einigen Sätzen erzählt, was sie vorhatten. „Ich will auch bei Wanja bleiben, ich bin schließlich ein Junge." Fast bockig hatte er die Nachricht aufgenommen. Doch keiner von den anderen schenkte seinem Widerspruch Gehör. Sie packten schnell das wenige Hab und Gut, das sie noch hatten, zusammen.

Innerhalb einer Stunde standen alle auf dem kleinen Bahnhof in einer Vorstadt von Baratov. Nun hieß es Abschied nehmen. Katharina umarmte alle ganz lange. Ihr liefen die Tränen über die Wangen, obwohl sie sich vorgenommen hatte, stark zu bleiben und nicht zu weinen. „Mama, du wirst mir fehlen! – Liese, werden wir uns irgendwann wiedersehen?" So sprach sie. Und keiner als Gott allein wusste darauf eine Antwort zu geben. Liese wollte es schier das Herz brechen, sich von ihrer jüngeren Schwester zu trennen. Doch sie musste wählen zwischen ihrem Sohn und ihrer Mutter oder ihrer Schwester. Die Entscheidung war schwer, aber unausweichlich.

„Gott ist mit uns allen", war das Einzige, was Liese ihren beiden zurückbleibenden Geschwistern zuflüstern konnte. Dann stiegen sie in den Zug ein, betteten Elisabeth so bequem wie möglich und umarmten sich ein letztes Mal. Als der Zug abfuhr, standen Wanja und Katharina auf dem Bahnsteig und winkten ihm nach. Katharina war so mit ihrer eigenen Trauer beschäftigt, dass sie nicht bemerkte, dass auch Wanja sich verstohlen eine Träne aus den Augenwinkeln wischte.

„Warum dauert es solange? Was ist eigentlich das Problem?" Katharina war der Verzweiflung nahe. Es waren schon zwei Tage vergangen, seit die anderen mit dem Zug abgefahren waren. Aber sie waren immer noch nicht losgefahren. Und am Abend beobachteten sie, dass der Widerschein des Feuers am Himmel immer näher kam. Was also hinderte sie am Fahren?

„Ich bin auch schon ungeduldig, Tina. Kann aber nichts daran ändern. Es sind viele Wagen in unserer Kolonne und keiner von uns kennt sich in der Gegend aus. Die Reiseroute muss erst einmal festgelegt werden. Es hat doch keinen Sinn, einfach so drauflos zu fahren. Wir wollen doch nicht Richtung Front fahren!" Katharina verstand das zwar, bekam aber trotzdem immer größere Angst.

Und dann war es endlich soweit. Es wurde zur Weiterfahrt aufgerufen. Ganz in der Nähe waren nämlich einige Bomben gefallen. Jetzt ließ sich keiner mehr halten. Einige Männer versuchten noch, Ordnung in die Kolonne zu bekommen, doch das war in der Hektik fast unmöglich.

Katharina setzte sich auf den Wagen und Wanja trieb von hinten die Kuh an, die sie immer noch bei sich hatten. „Die dürfen wir auf keinen Fall verlieren", hatte Liese immer wieder gesagt. „Das ist unsere einzige sichere Nahrungsquelle."

Da der Flüchtlingstreck jetzt aus weniger Fußvolk bestand und die Wagen zudem noch leichter waren, kam die Kolonne schnell vorwärts. Bis spät in die Nacht hinein fuhren sie. Das rote Wetterleuchten am Himmel entfernte sich immer weiter. Irgendwann spät in der Nacht wurde Halt gemacht. Die Pferde brauchten eine Ruhepause. Sie standen mitten in einer Steppe. Weit und breit war nichts zu sehen als die Weiten Russlands. Und dazu wehte ein eisiger Wind. Sie hatten Ende Oktober. Der Winter stand vor der Tür.

Katharina und Wanja legten sich eng zusammen auf ihren Wagen. Es war kalt und sie fanden kaum Schlaf. Irgendwann war Katharina dann doch eingeschlafen, doch nur, um eine Stunde später aufzuwachen und festzustellen, dass es leise regnete. Ihre Kleider waren bereits durchnässt. Das Leder, das über ihren Wagen gespannt war, war nicht ganz wasserdicht. Am liebsten hätte sie geweint. Aber das hätte sie auch nicht weitergebracht. Jetzt hieß es den Kopf hochhalten und vorwärts. Zurück konnten und wollten sie nicht mehr.

Es war noch dunkel, als man wieder zur Weiterfahrt aufrief. „Unser linkes Wagenrad sieht schon sehr mitgenommen aus. Das müsste dringend einmal bearbeitet werden. Ich weiß nicht, wie lange es noch mitmacht." Wanja sah so besorgt aus, dass auch Katharina, die von Rädern und Wagen nur wenig Ahnung hatte, begann, sich Sorgen zu machen.

Doch sie hatten keine Zeit, lange darüber nachzudenken. Sie mussten weiter.

Katharinas Eintrag

Seit meinem letzten Eintrag ist so viel passiert. Wir sind auf der Flucht. Hals über Kopf haben wir unser liebes Liebenau verlassen, schon vor über einem Monat. Die Deutschen verlieren eine Schlacht nach der anderen und müssen sich immer weiter zurückziehen. Wir fliehen so schnell es geht. Wohin? Ich hab keine Ahnung. Nur so schnell wie möglich weg aus Russland. Wanja und ich sind bei den Fuhrwerken geblieben. Mama, Liese und Peter sind im Moment von uns getrennt. Sie werden mit dem Zug transportiert. Sie fehlen mir sehr. Ich hoffe und bete, dass wir uns bald wiedersehen.

Heute sind wir den ganzen Tag über im Regen gefahren. Wir kamen beinahe nicht vorwärts. Unser linkes Rad am Wagen wird es nicht mehr lange mitmachen, sagt Wanja. Was machen wir dann? Wir haben kein Ersatzrad.

Im Moment sind wir in einem ukrainischen Dorf. Wir schlafen in dieser Nacht in einem kleinen Häuschen am Ende des Dorfes. Morgen früh soll's weitergehen. Ich werde versuchen noch etwas zu schlafen.

„Tina, wach auf! Fliegeralarm. Wir müssen los, weiter!" Schreiend riss Wanja Katharina aus ihrem kurzen Schlaf. In Hast und Eile liefen sie zu ihrem Wagen. Sie saßen gerade erst auf dem Wagen, da brannte auch schon das Haus, in dem sie noch vor zehn Minuten geschlafen hatten. Katharina schrie auf. Doch ihr Schrei verhallte in dem lauten Durcheinander. Alle schrieen wie wild durcheinander. Jeder versuchte seinen eigenen Wagen zu finden und möglichst schnell von diesem Ort wegzukommen. Die Pferde waren fast nicht zu zähmen und in die richtigen Bahnen zu lenken.

„Wo ist unsere Kuh, Wanja?", schrie Katharina vor Verzweiflung. „Wir müssen sie noch holen, ich hatte sie gestern Abend zum Grasen an einen Baum gebunden." „Schnell, lauf so schnell du kannst, wir müssen hier weg." Während er lief um die Kuh zu suchen, versuchte

Katharina die Pferde zu zügeln. Es war harte Arbeit. Auch sie mochten den Lärm nicht und hatten Angst.

Nach einer halben Ewigkeit, so erschien es Katharina, tauchte Wanja endlich mit ihrer Kuh auf. Er band sie schnell an den Wagen und trieb sie zur Eile an. Die Wagen fuhren alle durcheinander. Man hatte zu Anfang besprochen, dass man sich möglichst in Dorfsgruppen aufhalten würde. Doch an diese Ordnung war nicht mehr zu denken. Jeder versuchte nur noch irgendwie zu entkommen. Nichts, aber auch gar nichts hielt die Kolonne mehr. Sie alle hatten nur noch ein Ziel: Weg aus Russland!

Schon wollten alle aufatmen, da die Flieger über sie hinweg waren. Wieder einmal geschafft, wieder einmal mit dem Leben davon gekommen. Doch der Schein trog. Die erste Gruppe Flieger war gerade am Horizont verschwunden, da tauchte am anderen Ende die nächste Gruppe auf. Katharina trieb ihre Pferde zur Eile an. Wanja lief wie ein Verrückter hinterher. Keiner merkte, dass es regnete und dass der Weg ein einziger Schlammpfad war. Sie dachten nur noch daran, dieser Hölle noch einmal zu entrinnen.

Die Flieger waren direkt über ihnen, da merkte Katharina plötzlich, dass sie den Wagen nicht mehr unter ihrer Kontrolle hatte. „Wanja, irgendetwas stimmt nicht!", schrie sie, doch Wanja hörte sie nicht. Sie hatte auch keine Zeit mehr, um noch einmal zu rufen. Plötzlich spürte sie ein heftiges Ziehen am Wagen und bevor sie sich versah, kippte ihr Wagen um. Wanja, der gleich neben ihr hergelaufen war, wurde vom stürzenden Wagen mitgerissen und, gleich darauf, unter ihm begraben. Katharina lag irgendwo auf dem Wagen und die Kuh brüllte, weil sich ihr Strick an einem Seitenbrett verfangen hatte und sie von dem fallenden Wagen zu Boden gerissen wurde.

Im nächsten Moment herrschte wieder diese Totenstille. Katharina kannte sie nun schon. Es war entweder das Ende des Angriffes oder es bedeutete, in einigen Minuten kommen die nächsten. Alles war still. Sie sagte nichts, Wanja sagte nichts und die Kuh war mit einem Mal auch still. War es vorbei oder würden gleich die nächsten Flugzeuge kommen?

Nach einigen Minuten, als kein Flieger mehr auftauchte, begannen die Flüchtlinge sich zu regen. Auch Katharina fand endlich ihre Sprache wieder. „Wanja, bist du verletzt?" Als dieser nicht sofort antwortete, geriet sie in Panik. „Wanja, Wanja!" Ihre Stimme wurde immer lauter. „Ich bin unverletzt, Tina. Beruhige dich. Ich muss nur irgendwie hier rauskommen." Katharina wusste nicht woher, aber von irgendwo hatte sie auf einmal Kraft. Zusammen mit einem anderen Mann, der den Sturz beobachtet hatte und zur Hilfe herbeigeeilt war, kippten sie den Wagen wieder zurück auf die Räder. Da lag Wanja, zwar etwas beduselt, aber die Knochen waren alle heil geblieben.

Als er erst einmal auf beiden Füßen stand, sah auch Katharina, was das größte Unglück war. Das linke Hinterrad war weg. Es hatte nicht mehr gehalten. Deshalb war sie auch gestürzt. Nach all den Strapazen der letzten Stunde und dem Schock, den sie erlebt hatte, wurde es Katharina zu viel. Sie fing an zu weinen. „Was sollen wir denn jetzt bloß machen?", fragte sie mit tränenerstickter Stimme. Ohne Rad konnten sie auf keinen Fall weiterfahren. Was würde bloß werden? Auch Wanja war verzweifelt. Nicht einmal er hatte in dieser Situation einen guten Rat.

„Wartet mal einen Moment", sagte der fremde Mann. „Ich bin bald wieder da." Sie warteten. Was sollten sie auch anderes tun als warten. Bald erschien er wieder und dieses Mal hatte er ein Wagenrad dabei. „Gehört meiner Schwägerin, die hatte es als Ersatz mit. Ihr könnt es borgen, bis wir zur nächsten Ortschaft kommen. Vielleicht kann man euch dort ein neues machen." Katharina wurde es so leicht ums Herz. Sie wusste nicht, wie sie reagieren sollte. Sie fiel dem fremden Mann um den Hals und sagte: „Sie sind ein Engel, ein leibhaftiger Engel!" Der Mann lächelte nur. Wanja bedankte sich zwar nicht so gefühlsvoll wie seine Schwester, aber auch ganz herzlich.

Das Rad war zwar etwas kleiner als die anderen drei, aber es blieb fest. Katharinas und Wanjas Fahrt war jetzt etwas holpriger, aber das machte ihnen nichts aus. Sie waren ja auch nicht die Einzigen, die betroffen waren. So fuhr diese jämmerlich wirkende Wagenkolonne weiter. Weiter, mit unbekanntem Ziel und in eine ungewisse und unsichere Zukunft.

V.

Katharinas Eintrag

Wir haben schon Mitte November. Es regnet und regnet. Wir kommen fast nicht vorwärts. Für eine Strecke, die wir normalerweise an einem Tag zurückgelegt hätten, brauchen wir eine Woche. Es ist zum Verrücktwerden! Ich staune immer wieder, was die Leute noch alles mitschleppen. Jetzt, wo die meisten Frauen mit dem Zug vorausgefahren sind, werfen die Männer immer mehr von den verbliebenen Habseligkeiten vom Wagen herunter, um noch schneller vorwärtszukommen. Neulich sah ich sogar einmal eine Nähmaschine auf dem Weg liegen. Was die nur alles mitgenommen haben. Unglaublich! Aber die Frauen konnten sich wohl von ihren Sachen nicht trennen.

Der Weg ist so matschig, dass die Räder oft im Schlamm stecken bleiben. In solchen Situationen möchte ich mich hinsetzen und heulen. Aber was würde es nützen? Ich will unbedingt wieder mit den anderen zusammenkommen, deshalb darf ich jetzt nicht aufgeben, auch wenn mir manchmal danach ist.

Neulich waren wir den ganzen Tag im Regen gefahren. Eigentlich hatten wir besprochen wir würden einen Tag lang Rast machen und Mensch und Vieh wieder zu Kräften kommen lassen. Doch noch bevor die Sonne aufging, war plötzlich ein deutscher Soldat bei uns im Lager. Keine Ahnung von wo der kam. Er erzählte uns ganz aufgeregt, dass die Front nur noch zehn Kilometer weit entfernt sei und dass dort die Hölle los sei. Also sind wir sofort los. Doch wir kamen nicht weit, weil es so stark geregnet hat.

Als wir dann am späten Abend bei einem russischen Bauernhof Rast machten, meinte ich, keine Kräfte mehr zu haben. Doch ich konnte mich nicht sofort zur Ruhe legen. Die Hofherrin war recht unsympathisch. Erstens musste jeder von uns etwas Essbares abgeben, wenn wir unter ihrem Dach schlafen wollten. Ich hatte zwar nicht mehr viel, gab ihr aber trotzdem etwas von meinem gerösteten Brot, denn ich hatte nicht vor, die Nacht auch noch im Regen zu verbringen.

Danach herrschte sie uns an: Alle Jungen kommen mit mir. Ich klammerte mich an Wanja und schrie, er solle mich nicht alleine lassen. Aber da war nichts zu machen. Die paar Mädchen, die in unserer Gruppe sind, wurden dann von einem Stallknecht in den Stall geführt. Hier lagen schon viele andere Flüchtlinge, die ich noch nie gesehen hatte. Ganz alleine unter Fremden kauerte ich mich in eine Ecke und bedeckte mich mit etwas Stroh. Ich weinte und hatte nur noch einen sehnlichen Wunsch: Ich wollte am nächsten Morgen nicht mehr aufwachen!

Doch dieser Wunsch wurde mir nicht erfüllt. Ich bin am Leben und immer noch unterwegs, in dem Land, in dem ich geboren bin, das aber keinen Raum mehr für mich hat. Ich bin auf dem Weg. Hoffentlich führt er in ein neues Leben, in die Freiheit. Werde ich sie finden? Werde ich meine Familie wieder treffen?

෴

„Wanja, schau dir das einmal an!" Sie hatten in dieser Nacht auf dem Wagen geschlafen. Ganz früh wollten sie weiter. Katharina war als erste wach und sah, dass es in der Nacht geschneit hatte. Einen Augenblick lang genossen sie den Anblick. Aber dann wurde ihnen bewusst, dass die Fahrt nun noch beschwerlicher wurde, wenn tiefer Schnee lag. Katharina machte ein mutloses Gesicht. „Komm schon, viel schlimmer als der Matsch kann es ja nicht werden. Wir schaffen das schon!" So versuchten sie sich gegenseitig Mut zuzusprechen.

Doch an diesem Tag sollte nicht der Schnee ihr Hauptproblem werden. Sie waren noch nicht sehr lange unterwegs, da fiel Belischka, so nannten sie ihre Kuh, hin. Wanja versuchte erst mit gutem Zureden, dann mit Schimpfen. „Komm schon Belischka, du darfst uns jetzt nicht im Stich lassen. Wir brauchen dich!" Nichts half. Sie stand einfach nicht mehr auf. Glücklicherweise waren sie kurz vor einem russischen Dorf.

„Ich werde mal sehn, ob ich Belischka vielleicht umtauschen kann." Damit hatte Wanja sie auch schon verlassen. Katharina kam es wie eine halbe Ewigkeit vor, bis Wanja wieder zurück war. Denn die anderen in der Kolonne warteten ja nicht auf sie. Wenn sie sie nicht verlieren wollten, durften sie nicht zu lange halten.

Und dann irgendwann tauchte Wanja wieder auf – mit einem Ukrainer, der eine junge Kuh an der Leine führte. So tauschten sie ihre liebe Beliscka, die sie schon zu Hause immer mit

Milch versorgt hatte, gegen eine andere Kuh ein. Obwohl es ihnen um Belischka schade war, waren doch beide froh, als sie endlich weiterfahren konnten, und zwar mit einer Kuh. Die anderen waren am Horizont noch zu sehen. Gott sei Dank, sie hatten sie nicht aus den Augen verloren.

Doch schon bald wurde ihre gute Laune getrübt. Die frische Kuh wollte nicht am Wagen bleiben. Wanja hatte sie festgebunden, genau wie Belischka auch immer. Doch dieser Kuh gefiel das überhaupt nicht. Sie zog und zog, bis sie sich losgerissen hatte und ganz schnell davon lief. „Halt an", schrie Wanja und lief der Kuh hinterher. Doch der Schnee fiel immer dichter, sodass er sie bald aus den Augen verlieren würde. Katharina rief: „Wanja, lass die blöde Kuh laufen!" Er drehte sich nach ihr um und konnte sie in dem Schneetreiben kaum mehr erkennen. Er musste sich entscheiden. Wenn er noch weiterliefe, könnte er die Kuh einfangen. Aber Katharina würde er dann für ein Weilchen verlieren. Und sie saß dort ganz allein. Also kehrte er zu seiner Schwester zurück. Wütend stampfte er mit dem Fuß im Schnee auf. Wütend über die Kuh, wütend über sich selbst, verzweifelt und am Ende seiner Kräfte.

Als er den Wagen wieder erreicht hatte, setzte er sich neben Katharina, die ganz verweinte Augen hatte. Sie sagten nichts, schauten sich nur an und wussten, dass sie beide dasselbe dachten: Was werden Liese und Mama sagen, wenn wir ohne Kuh ankommen?

Durch diesen Zwischenfall hatten sie die anderen Wagen nun ganz aus den Augen verloren. Da es immer heftiger schneite, fanden sie auch die Spur der anderen nicht mehr. Katharina fing an zu weinen. Wanja ließ sie gewähren. Er fand kein tröstendes Wort.

VI.

Katharinas Eintrag

Heute haben wir Weihnachten gefeiert. Es war trotz allem ein fröhliches Fest. Wir haben nämlich wieder zusammen gefunden. Etwa eine Woche waren Wanja und ich allein unterwegs, bis wir unsere Kolonne eingeholt hatten. Dann, nach zwei weiteren langen Wochen trafen wir sie alle in Breschi wieder: Mama, Heini, Liese und Peter. Das war ein Wiedersehen! Alle haben wir vor lauter Freude geweint.

127

Auch viele anderen Liebenauer haben wir getroffen. Gestern haben wir uns in einem großen Haus versammelt und Weihnachtslieder gesungen. Es war schön und zugleich auch sehr traurig. Alle dachten wir an letzte Weihnachten zurück, wo wir zu Hause mit den deutschen Soldaten gefeiert haben. Jeder dachte an seine Lieben, die irgendwann abgeholt und verschleppt worden waren. Keinen gab es in unserem Kreise, der nicht zumindest eine liebe Person vermisste. Doch trotzdem feierten wir Weihnachten. Jemand las sogar noch die Weihnachtsgeschichte aus der Bibel vor. In diesem Moment war ich froh, dass ich an jenem Morgen, also ich mir gewünscht hatte zu sterben, doch aufgewacht war.

Wir sind irgendwo an der polnischen Grenze. Das bedeutet, wir werden Russland bald verlassen. Wir sind wieder alle zusammen und wir werden den Weg in die Freiheit finden. Das spüre ich tief drinnen in mir!

I.

„Was hast du da in der Hand?" Ein abgemagerter, junger Mann wurde von seinem Offizier angebrüllt. Verängstigt zeigte er die Rübe, die er einige Minuten zuvor von einem alten Mütterchen zugesteckt bekommen hatte. Sie waren vom Arbeitsplatz auf dem Weg ins Lager gewesen und hatten das Mitleid der alten Russin erregt. „Eine Rübe? Von wem hast du die?" Der Offizier wartete erst gar nicht die Antwort des Gefangenen ab, sondern brüllte sofort weiter. „Gestohlen hast du sie! Ist doch ganz klar!" Und zu den anderen gedreht fuhr er fort: „Und wisst ihr, was wir in Russland mit Dieben machen? – Das machen wir mit ihnen!" Und dabei fiel der Strafgefangene auch schon zu Boden. Eine Kugel hatte sein Herz durchbohrt.

Dieter Braun, ebenso abgemagert wie alle anderen und deshalb kaum wiederzuerkennen, war Zeuge dieses Mordes. Ja Mord, denn was war es anderes? Etwa Erziehung zum russischen Kollektivdenken? Denn hätte der Beschenkte nicht seine Rübe abgeben müssen, damit alle etwas davon abbekämen?

Schon lange hatte Dieter aufgehört, sich über so etwas aufzuregen oder traurig zu sein. Erstaunt stellte er fest, dass er nicht einmal besonders bewegt war. Die vier Jahre seiner Gefangenschaft hatten ihn hart und gefühllos gemacht. Er war von einem Lager ins andere geschickt worden und keines war besser gewesen als die anderen.

Zwischendurch war er sogar einmal für einige Monate in einem Gefängnis gewesen. Eine Gefängniszelle mit acht eisernen Betten hatte er mit sechzig anderen Häftlingen geteilt. Nach Norden hin hatte es hoch oben in der Mauer ein kleines Fenster gegeben, das mit einem Eisentrichter versehen war. Obwohl die Sonne nicht hinein scheinen konnte, hatte man dadurch einen Fleck vom Himmel sehen können. An der Tür hatte eine eiserne Latrine, die so genannte Parascha, für die menschliche Notdurft gestanden. Diese Kammer war so voll gewesen, dass nicht alle zugleich sitzen, aber auch nicht stehen konnten.

Nachts hatte man sie immer abwechselnd zum Verhör geholt. Alle sollten sie etwas gestehen, wovon sie überhaupt keine Ahnung hatten. Unterschrieb man nicht sofort, wurde man gefoltert. Viele hatten deshalb sofort gestanden und waren gleich in irgendein

Arbeitslager verbannt worden. Manche Gefangene, darunter auch Dieter, hatten sich anfangs gewehrt, etwas zu gestehen, was sie nicht getan hatten. Da hatte man damit angefangen, sie nachts nicht schlafen zu lassen. Wer einschlief, kam in eine Eiskammer, und zwar nackt. Da blieb man so lange, bis man versprach, nicht mehr zu schlafen. Und irgendwann waren dann alle soweit, dass sie nicht mehr anders konnten als zu unterschreiben.

So war Dieter von einem Lager zum anderen gekommen. Die Pritschen, auf denen sie nachts schliefen, waren voller Läuse und Wanzen. Der Zwischenraum von einem Bett zum andern betrug etwa 6-8cm. Hier ruhten jede Nacht 1250 Sträflinge aus – ohne Matratze, Kissen oder Decke. Nicht einmal Stroh stellte man ihnen zur Verfügung. Nicht nur die Arbeit und die Umstände waren schrecklich, nein auch das ganze Miteinander unter den Gefangenen war grausam. Keiner traute dem anderen. Einer verriet den anderen bei den Offizieren, um seine eigene Haut zu retten. Wer verraten wurde, wurde entweder sofort erschossen oder er kam in den so genannten Karzer. Ein tiefes Loch, wo man bei großer Kälte und ohne Essen zur Besinnung kommen sollte.

Die Gefangenen wurden immer kranker. Täglich starben bis zu 120 von den 6000 Gefangenen. Man konnte sich an zwei Händen abzählen, wann man selber dran war. Noch bevor der Kranke gestorben war, zog man ihnen die Schuhe aus, nahm ihnen Ringe und die Fotografien ihrer Lieben und verschacherte sie im nächsten Moment gegen ein Stück Brot. Jeden Morgen gingen die Sanitäter durch die Baracken und sammelten Tote auf. Am Abend hatte der Mann noch gesprochen und am Morgen wachte er nicht mehr auf. Das Elend hatte seinen Höhepunkt erreicht. Mit menschlicher Vernunft hatte dies nichts mehr zu tun.

Manche Gefangene erhielten von zu Hause Briefe. Manche erhielten frohe, viele aber nur traurige Nachrichten. Manche Frauen hatten sich andere Männer genommen, manche Kinder hatten die Flucht nicht überlebt, manche Familien waren ganz verschollen.

Dieter hatte noch kein einziges Mal etwas von zu Hause gehört. Er hatte keine Ahnung, ob überhaupt noch jemand von ihnen lebte. Keiner hatte bisher auf seine Briefe geantwortet. Anfangs hatte er ja auch keine Briefe schreiben dürfen. Aber dann irgendwann hatten sie es erlaubt. Natürlich durften sie nur Gutes vom Leben im Lager schreiben, denn die Briefe wurden streng kontrolliert. Aber es ging ja letztendlich darum, dass die Angehörigen wussten, dass er lebte.

Zu Weihnachten 1943 hatte er seinen ersten Brief geschrieben. Viele waren gefolgt. Doch keine Antwort kam. Lebten sie nicht mehr? Waren sie auch verschleppt worden oder waren sie geflohen wie andere auch? Er hatte von einigen Gefangenen gehört, dass ihre Angehörigen versucht hatten, nach Deutschland zu fliehen. Hatte seine Familie es geschafft?

Er wusste es nicht und würde es wahrscheinlich auch nie erfahren. Dieter Braun hatte sich seinem Schicksal überlassen. Dieses Schicksal teilte er mit vielen Tausenden anderer Männer in Russland. Es hatte einfach keinen Sinn, sich noch Illusionen hinzugeben.

II.

„Mama, Mama, du darfst uns nicht allein lassen!" Katharina rüttelte am schlaffen Körper ihrer Mutter. Die Tränen liefen ihr über die Wangen. Sie wollte es nicht wahr haben. „Wir brauchen dich, Mama, du darfst nicht sterben!" Liese, die neben ihrer jüngeren Schwester stand, legte sanft ihren Arm um deren Schulter. „Tina, lass sie los. Sie lebt nicht mehr. Sie ist jetzt bei ihrem Heiland." Doch Katharina hörte nicht auf Liese. Sie ließ sich neben den Wagen fallen, auf dem der Körper ihrer toten Mutter lag, nahm die Hand ihrer lieben Mama und weinte von ganzen Herzen.

„Was ist mit Tante Tina?", fragte der fast fünfjährige Peter. „Warum ist sie so traurig?" „Weil Oma gestorben ist. Ich bin auch traurig. Die Oma wird uns allen fehlen", erklärte Liese ihrem Sohn. Sie nahm ihn in ihre Arme. So viel hatte dieser kleine Kerl in seinem kurzen Leben schon erlebt. Wie gern hätte sie ihn davor bewahrt. Aber es stand nicht in ihrer Macht.

„Mama, ist Oma jetzt bei Papa?", fragte Peter nach einer Weile. Obwohl Liese die Hoffnung noch nie ganz aufgegeben hatte, Jakob irgendwann noch wiederzusehen, hatte sie Peter erklärt, dass sein Papa gestorben sei. Sie wollte nicht, dass er mit der Hoffnung lebte, seinen Papa irgendwann kennen zu lernen, und dass er irgendwann enttäuscht werden würde. „Ja, Peter. Das ist sie ganz bestimmt. Beide sind beim lieben Gott gut aufgehoben." „Mama, ich bin auch traurig, dass die Oma weg ist, aber ich bin froh, dass nicht du es bist, die da liegt." Liese kamen die Tränen. Sie konnte nichts sagen, sondern umarmte Peter nur ganz fest. Wie froh war sie, dass er noch am Leben war!

Nachdem sie eine Weile zu viert, Heini war auch noch hinzugekommen, so gestanden und still Abschied von ihrer lieben Mutter genommen hatten, fragte Heini: „Was machen wir jetzt mit Mama?" Das war eine schwierige Frage. Es war Ende Januar. Sie waren seit etwa zehn Tagen wieder unterwegs, denn auch im Warthegau waren sie vor den Russen nicht mehr sicher. „Lasst mich bitte nicht irgendwo liegen, wenn ich sterben sollte. Ich möchte würdig begraben werden", hatte Elisabeth zu ihren Kindern noch einige Tage vor ihrem Tod gesagt. „Wir müssen von irgendwoher einen Sarg bekommen", sagte Liese nun und sah Katharina und Heini an. „Ich geh mal los und werde einen beschaffen. Tina, kümmere du dich bitte um Peter. Heini kommt mit mir."

Als die beiden in die Stadt Ratzeburg gegangen waren, vor der sie gerade an diesem Morgen gelagert hatten, legte Peter seinen kleinen Arm um Katharina, die immer noch am Boden saß. „Nicht traurig sein, Tante Tina. Oma ist jetzt bei Jesus." Katharina versuchte, ein kleines Lächeln zu zeigen. Sie drückte Pike, wie sie ihn mit seinem Spitznamen riefen, einmal ganz fest und sagte: „Ja Pike, ich weiß, aber es tut trotzdem so weh!"

Nach etwa zwei Stunden kamen Liese und Heini zurück. Mit ihnen kam Frau Janzen, die immer noch bei ihnen in einer Gruppe war. Sie trugen einen ganz einfachen kleinen Sarg mit sich. Zusammen betteten sie Elisabeth darinnen und stellten den Sarg auf den Wagen.

„Und jetzt?", fragte Liese Frau Janzen, nachdem sie ihre Mutter in den Sarg gebettet hatten. „Wohin mit dem Sarg?" Keiner wusste darauf zu antworten. Es lag tiefer Schnee, und der würde noch mindestens einen Monat lang liegen. So konnte man doch keinen Menschen begraben. „Wir fahren einmal in die Stadt und suchen nach einer Möglichkeit. Vielleicht können wir mit dem Bürgermeister reden." Frau Janzen war den drei Braun-

Kindern wie schon so oft eine große Hilfe. Alle hatten diese tapfere Frau richtig schätzen gelernt.

Bis um zehn Uhr am Abend fuhr die trostlos wirkende Gesellschaft der Geschwister Braun mit ihrem Pferdewagen durch Ratzeburg. Keiner hatte ein offenes Ohr für sie. Der Bürgermeister hatte sie noch nicht empfangen. Sie fuhren von einer Stelle zur anderen und erhielten immer nur Absagen. Katharina weinte nur noch. Keiner wollte ihnen helfen, und dabei wollten sie doch ganz einfach nur ihrer Mutter die letzte Ehre erweisen. Wenn doch Wanja hier wäre. Der hatte nie aufgegeben. Aber er war nicht da. Was er wohl gerade tat? Lebte er überhaupt noch? Katharina dachte lieber nicht mehr an Wanja, denn das stimmte sie nur noch trauriger.

Und dann, es war schon nach zehn Uhr abends, empfing der Bürgermeister sie endlich. Er war ein kleiner, ernster, aber sympathischer Mann. Er hörte sich die Bitte der Brauns-Kinder an und sagte dann mit müder Stimme: „Das ist ein schwieriges Anliegen. Ihr müsst morgen alle weiter, denn die Russen sind schon in unserem Gebiet. Ihr könnt eure Mutter jetzt also nicht mehr begraben, wenn ihr euer eigenes Leben retten wollt." Als er sah, wie niedergedrückt seine nächtlichen Besucher waren, fuhr er fort: „Ich verspreche euch aber, dass ich veranlassen werde, dass eure Mutter ein würdiges Begräbnis erhält."

Kurz darauf fuhren die drei Geschwister wieder zurück zu den anderen. Am nächsten Morgen würden sie mit den anderen weiterziehen.

Katharinas Eintrag

Wieder einmal nehme ich mein Trostbuch in die Hand. Heute ist Mama gestorben. Wir haben sie einfach so in einem Sarg auf einem unbekannten Hof in einer fremden Stadt liegen gelassen. Es war furchtbar! Aber wir konnten nichts tun, denn die Russen sind sehr nah und wir müssen weiter. Wann wird dies alles einmal ein Ende haben? Vor acht Jahren waren wir noch alle zusammen: Mama, Papa, Dieter, Wanja, Liese, Heini und ich. Wir hatten nichts außer uns, aber wir waren wenigstens beieinander.

Und jetzt? Papa, Jakob und Dietrich sind weg. Obwohl wir immer wieder Vermisstenanzeigen aufgegeben und Briefe geschrieben haben, haben wir nie wieder etwas von ihnen gehört. Und wo Wanja ist, wissen wir auch nicht. Als wir vor einem Jahr im Warthegau ankamen, waren wir so glücklich. Wir durften uns einbürgern lassen, das heißt, wie erhielten deutsche Papiere. Wir waren Deutsche und waren darüber so froh! Was konnten uns die Russen also noch tun? Doch unsere Freude war sehr bald zu Ende. Es geschah das, woran keiner gedacht hatte. Alle unsere jungen Männer, die wir noch bei uns hatten, wurden von der SS eingezogen. Sie waren ja schließlich kriegspflichtige Deutsche! Darunter auch Wanja. Sie haben uns auf diese Weise noch unsere letzten jungen Männer genommen. Unsere Flüchtlingsgruppe besteht jetzt nur noch aus Frauen und Kindern und einigen wenigen alten Männern. Auch von Wanja haben wir nichts mehr gehört. Wenn er noch nicht gefallen ist, kämpft er mit einer Waffe gegen die Russen. Unvorstellbar!

Und jetzt ist auch noch Mama weg. Was wird noch aus uns werden? Was oder wen werden wir noch alles verlieren, bevor wir endlich frei sind?

III.

Frau Ruschky hieß die Frau, bei der Katharina jetzt seit einer Woche arbeitete. Sie hatten Mitte April und waren seit etwa einem Monat auf deutschem Boden, und zwar in Waffensen in der Nähe von Rotenburg. Sie hatten sich in Lagern gesammelt. Hier ging es allen viel besser. Katharina hatte auch einige Liebenauer wieder gesehen. Von einigen hörte man, dass sie es nicht geschafft hatten.

Im Lager war unter anderem auch ein gewisser Benjamin H. Unruh. Ein beachtenswerter Mann, fand Katharina. Er half allen, auch wenn er sie nicht kannte. So hatte er zum Beispiel eine Flüchtlingsliste angefertigt, damit man seine Angehörigen und Bekannten ausfindig machen konnte.

Hier im Lager waren auch zwei Prediger. Sie konnten also wieder einmal an einem echten Gottesdienst teilnehmen. Herrlich! So lange war dies nicht möglich gewesen. Einige Leute ließen sich hier taufen. Sogar getraut wurden hier mehrere junge Paare. Es gab also wieder mehr Leben und einen hoffnungsvolleren Blick in die Zukunft.

Katharina hatte also eine Arbeit gefunden. Frau Ruschky war eine strenge Frau. Ihr Mann war in Russland gefallen. Sie war mit vier Kindern alleine geblieben.

„Ich habe große Angst vor ihr", hatte Katharina am Abend des ersten Arbeitstages zu Liese gesagt. „Sie hat so einen strengen Blick. Und was ist, wenn ich meine Arbeit nicht gut mache?" Verschiedene Ängste stiegen in ihr hoch. Liese versuchte sie zu beruhigen. „Tu dein Bestes und gib dir Mühe freundlich zu sein, dann wird schon alles werden." Und das versuchte Katharina. Sie half bei der Hausarbeit, auf dem Feld und mit den Kindern. Zu den Kindern hatte sie auch bald guten Kontakt.

Sie war etwa zwei Wochen bei Familie Ruschky, als an einem Abend plötzlich ein junger deutscher Soldat über den Hof lief und schrie: „Ihr müsst sofort alle euer Haus verlassen! Sie kommen! Sie werden alles dem Boden gleich machen! Lauft so schnell ihr könnt!" Und damit war er auch schon wieder weg.

„Katharina, wir schaffen es nicht raus mit den vier Kindern. Und außerdem haben wir draußen auch keinen Schutz. Wir werden im Keller Deckung suchen. Nimm du die Ältesten beiden, ich komm mit den anderen nach!" Frau Ruschky schrie vor Verzweiflung. „Wann wird dies alles einmal ein Ende haben?" Auch Katharina hätte am liebsten geschrieen oder geweint. Aber sie traute sich nicht. Sie wusste nicht, wie Frau Ruschky es aufnehmen würde, wenn sie die Fassung verlieren würde. Sie nahm die beiden an die Hand und lief so schnell sie konnte in den Keller hinunter.

Sie hatten auch gerade erst die Kellertür hinter sich verschlossen, als es zu schießen anfing. Lotti, die kleinste von den Kindern, fing an zu weinen. „Mama, ich habe so große Angst." „Bald, bald ist es vorbei. Es dauert nicht mehr lange." Dies war das Einzige, was Frau Ruschky sagen konnte. Katharina sah in ihrem Gesicht, dass auch sie große Angst hatte.

Es dauerte fast eine Stunde, bis die Flieger sich verzogen. Frau Ruschky und Katharina gingen hoch und sahen, dass einige von den Nachbarhäusern von Bomben getroffen worden waren. Sie lagen in Trümmern, aus den Fensterhöhlen schlugen Flammen. Ihr eigenes Haus war heil geblieben. Ihre neue Herrin glaubte nicht an Gott. Deshalb dankte Katharina ganz im Stillen dafür, dass sie verschont geblieben waren. Und gleichzeitig betete sie auch, dass Liese und Heini bewahrt worden sein möchten.

Am Abend hatte Katharina endlich den Mut und fragte: „Frau Ruschky, dürfte ich ganz kurz einmal ins Lager laufen und nachschauen, ob meinen Geschwistern etwas passiert ist? Ich habe solche Angst um sie." Nach kurzem Überlegen antwortete sie: „Ist gut, aber komm bald wieder zurück. Ich habe nämlich das Gefühl, dass dies noch nicht alles war. Bestimmt kommt heute Nacht noch mehr."

Katharina lief so schnell sie konnte. Liese wohnte etwa drei Kilometer von ihr entfernt. Heini arbeitete bei einem Bauern. Aber auch er wohnte in der Nähe. Wenn sie nur einmal wissen würde, dass keinem etwas passiert war, dann könnte sie beruhigt wieder zu Frau Ruschky zurückkehren.

„Tina, da bist du ja!" Liese umarmte ihre Schwester. Auch sie hatte sich Sorgen um sie gemacht. „Weißt du etwas von Heini?", war das erste, was Katharina fragte. „Ja, ich war schon bei ihm. Ihm ist nichts passiert, Gott sei Dank!"

Ganz kurz blieb Katharina noch bei Liese. „Herr Unruh meint, der Krieg ist wohl bald zu Ende. Es sieht so aus, als ob Deutschland den Krieg verlieren wird", berichtete ihr Liese. „Mir ist es mittlerweile schon ganz egal, wer diesen blöden Krieg gewinnt. Ich wünsche mir nur, dass er endlich mal ein Ende nimmt." „Na ja, wie es scheint, ist es ja endlich bald so weit. Es wird davon gesprochen, dass wir nicht lange in Deutschland bleiben dürfen. Es gibt schon so viele Flüchtlinge hier." Diese Nachricht schockierte Katharina. Sie hatte überhaupt noch nicht darüber nachgedacht, sondern war nur froh gewesen, dass sie Russland endlich verlassen hatten. Dahin wollte sie im Leben nie mehr zurück. „Und wohin gehen wir dann?", fragte sie nun etwas erstaunt. „Wir haben doch deutsche Papiere, wieso werden wir dann nicht bleiben dürfen?" „Ich weiß nicht. Es wird von Kanada oder auch Südamerika gesprochen. Klingt doch interessant, oder?" Katharina wusste nicht. Eigentlich wollte sie in Deutschland bleiben. Aber jetzt hatte sie keine Zeit mehr, darüber nachzudenken. Sie musste zurück, wie sie es versprochen hatte.

In der folgenden Nacht wurde ihr Ort wieder von Fliegern angegriffen. Und so ging es nun in der nächsten Zeit immer weiter.

Heute haben wir es erfahren! Der Führer ist tot! Es gibt keinen Adolf Hitler mehr. Was wird nun aus den Deutschen werden? Was wird aus uns werden?

Wahrscheinlich ist der Krieg jetzt bald zu Ende. Dann werden die Amerikaner das Kommando übernehmen. Wird es uns dann besser gehen?

Es gibt so viele Fragen, die man nicht beantworten kann. Von Wanja haben wir immer noch keine Nachricht. Aber wenn der Krieg zu Ende ist, kommt er bestimmt mit der Wehrmacht zurück. Hoffentlich!

IV.

Und dann kam etwas, womit keiner gerechnet hatte. Seit einigen Monaten, besonders nach dem Tod des Führers war allen klar gewesen, dass Deutschland den Krieg wohl nicht gewinnen würde. Aber was dann kam, veränderte das Leben der vielen Tausend Flüchtlinge, die nun bereits seit mehreren Jahren keine Heimat mehr hatten. Sie waren müde von der langen Reise, von all den Strapazen und Anspannungen der Flucht. Sie sehnten sich nur noch danach, endlich wieder einen Flecken auf der großen weiten Erde ihre Heimat nennen zu dürfen.

Doch den allerwenigsten wurde dies gegönnt. Denn über ihr Leben entschieden die Siegermächte des Zweiten Weltkrieges. Russland bekam nämlich als Siegermacht die Erlaubnis, aus der russischen Besatzungszone alle in Deutschland sesshaft gewordenen Russlanddeutschen nach Russland zurückzutransportieren. Das bedeutete, dass die ganze Flucht, das ständige Davonrennen vor den Gefahren, vor den Kämpfen zwischen den Roten und der Wehrmacht, umsonst gewesen war.

Katharina hörte davon und konnte es nicht glauben. „Das kann doch nicht wahr sein! Wieso lässt Gott so etwas zu?" Denn die Nachrichten, die aus dem Osten zu ihnen drangen, waren erschreckend. Sie waren ja Gott sei Dank in der amerikanischen Zone. Ihnen konnten die Russen nichts tun. Aber sie hörten von den Schreckensnachrichten.

Eine Bekannte, der es möglich gewesen war, aus der russischen Zone zu fliehen, hatte mit angesehen, was den Menschen geschah: „Man wird nicht gefragt, ob man zurück nach Russland will oder nicht. Mit Gewalt werden Menschen aus ihren Wohnungen geholt und in Güterwagen der Eisenbahn verfrachtet wie Vieh. Sie nennen es Repatriierung, Wiedereinbürgerung. Aber wer glaubt das schon. In die Verbannung schicken sie sie! Das ist doch überhaupt keine Frage. Wir wissen ja schließlich schon, wie es in Russland läuft."

Katharina hatte zugehört, wie diese Frau Liese alles berichtete. Sie bekam dabei eine Gänsehaut. „Kannst du dir das vorstellen, Liese?", sprach die verzweifelte Frau weiter. „Sie sind vier Jahre lang unterwegs gewesen, nur fort aus diesem gottverlassenen Land, und jetzt ist alles umsonst! Sie müssen wieder zurück, ob sie wollen oder nicht. Aber nicht in ihre Heimatdörfer, natürlich nicht. Irgendwo in den hohen Norden werden sie verschickt, alle, Frauen und Kinder. Wie kann Gott so etwas zulassen? Ich fange langsam an zu glauben, dass Gott sich überhaupt nicht mehr um uns kümmert. Er hat uns vergessen, einfach so." „Sprich nicht so, Katja! Ich kann dir auch keine Antwort auf all deine Fragen geben. Aber ich weiß ganz genau, dass Gott immer noch bei uns ist. Uns hat er ja schließlich errettet aus der Hand der Russen, oder?"

Während Katharina mit halbem Ohr hinhörte, wie Liese und Katja miteinander sprachen, lief es ihr plötzlich heiß und kalt über den Rücken. Was wäre, wenn Wanja aus dem Krieg zurückkäme und sich noch in dieser Zone aufhielte? Nicht auszudenken, dass er am Leben sein könnte und wieder zurück nach Russland musste. Sie wollte lieber nicht daran denken und versuchte, auf andere Gedanken zu kommen. Frau Ruschky hatte ihr beigebracht, wie man häkelt. Als sie vor zwei Wochen bei ihr aufgehört hatte, hatte Frau Ruschky ihr einen Wollknäuel gegeben und gesagt: „Das gibt für dich einen Schal. Häkele ihn dir für den Winter." Damit würde sie jetzt anfangen, denn dabei musste sie sich konzentrieren und konnte also nicht ständig an alle die Menschen denken, die wieder nach Russland gebracht wurden.

Sie hatte gerade mit ihrer Handarbeit begonnen, da verfiel sie wieder in ihre Gedanken. Frau Janzen! An die hatte sie noch kein einziges Mal gedacht! Frau Janzen war mit ihren Kindern in der Nähe von Berlin einquartiert worden. Dort hatte man ihr gleich eine Arbeitsstelle angeboten. Sie hatte deshalb entschieden, dort zu bleiben. Das bedeutete, dass sie sich mitten in der russischen Zone aufhielt. Oh, diese arme Frau! Was würde mit ihr passieren? Katharina betete zu Gott, dass er sie und ihre Kinder bewahren möge.

V.

Doch was mit Lena Janzen passierte, sollten die Brauns-Kinder nie erfahren. Sie traf nämlich dasselbe Schicksal wie 23.000 andere russische Flüchtlinge. Da sie schon von den Unruhen gehört hatte, hatte sie sich mit ihren Kindern versteckt. Doch in dem Moment, als sie meinte in Sicherheit zu sein, fand sie ein russischer Soldat. „Du dachtest wohl, du könntest dich verstecken! Ha, wir Russen finden jeden! Also los, schnell! Der Zug wartet nicht auf dich!" Lena Janzen enttäuscht und verzweifelt über ihre Lage, fragte den Soldaten: „Wo bringt ihr uns denn hin? Wir haben doch nichts verbrochen!" Zunächst hatten die Russen noch gesagt, dass man sie in ihre Heimatdörfer bringen würde. Doch jetzt war auch ihre Geduld schon am Ende und sie wollten die ganze Sache hinter sich bringen. „Nach Russland! Da wo ihr hingehört, ihr Verräter! Doch glaubt nicht, dass man euch gut behandeln wird. Krepieren werdet ihr allesamt, wie die Hunde!" Lena Janzen schaute ihn mit großen Augen an. Sie hatte schon so viel davon gehört, was es bedeutete, repatriiert zu werden. Doch darüber, dass dieser junge Mann es so klar aussprach, entsetzte sie sich. Ihr jüngstes Kind begann zu weinen, die anderen drei wurden unruhig und sie selber? Ja, ihr Herz wurde hart. So hart, dass es wohl nie wieder erweichen würde. Die Müdigkeit der letzten vier Jahre kamen über sie. Sollte die ganze Reise umsonst gewesen sein? Das konnte doch nicht sein! Und sie hatte noch vor kurzer Zeit gedacht: ‚Jetzt sind wir in Deutschland, das heißt in Sicherheit. Gott hat uns doch so wunderbar geführt!' Und jetzt? Sie ließ sich fallen und rief laut: „Wo bist du Gott?" Es war ihr egal, was der Russe von ihr denken würde. „Ja, ruf deinen Gott nur. In Russland brauchen wir keinen Gott! Also verabschiede dich nur von ihm", sagte der Soldat spöttisch.

Was dann folgte, war schlimmer, als was sie in den letzten Jahren erlebt hatten. Beim Bahnhof angekommen, wurden sie in Viehwaggons gesteckt. Es wurde geschoben und geschoben. Die russischen Wachleute schrieen immer wieder: „Schnell, schnell!" Lena kam mit ihren Kindern ganz in die Ecke. Sie hatten einen Raum von etwa 80 mal 80

Zentimetern. Die wenigen Sachen, die sie mithatten, benutzten sie als Sitzunterlage. Es war furchtbar eng in dem Waggon. Doch keiner beklagte sich, denn alle wussten sie nur zu gut, dass die Schuldigen sie nicht hören würden.

Als alle Waggons bis zum Geht-nicht-mehr voll gestopft waren, wurden die Türen von außen verriegelt und der Zug setzte sich in Bewegung. Im Waggon waren nur zwei ganz kleine Fenster. Die Luft wurde immer stickiger. Die Tatsache, dass es keine Toiletten gab, ließ Lena fast wahnsinnig werden. Was wäre wenn? Bestimmt würden sie in den nächsten Stunden nicht Halt machen. Schon bald sollten sich Lenas Ängste bewahrheiten. Je länger sie fuhren, desto unerträglicher wurde die Enge. Lena nahm ihren schlafenden Jungen in den Arm und weinte verzweifelt. Nie im Leben hatte sie sich vorgestellt, dass sie so etwas Entsetzliches erleben würde.

Irgendwann am nächsten Tag, als sie Deutschlands Grenzen schon passiert hatten, hielt der Zug mitten auf einer weiten Steppe. Die Türen wurden geöffnet und alle sprangen hinaus, um das Notwendigste zu erledigen. ‚Einmal tief Luft holen und durchatmen', so dachte wohl nicht nur Lena. Einer der Wachleute, die die Zuggesellschaft begleiteten, schrie so laut er konnte: „Essenszeit!" Der spöttische Unterton in seiner Stimme war nicht zu überhören, denn, was sollte man essen? Verteilt wurde nichts. Einige Mütter brachen in Verzweiflung aus, denn sie konnten ihren Kindern nichts zu essen geben. Lena hatte glücklicherweise noch etwas Mehl in ihrer Tasche. So gab es noch einige andere Frauen, die etwas dabei hatten. Eine hatte sogar einen kleinen Suppentopf dabei. Eilig sammelte man etwas Holz, machte ein Feuer und kochte eine Mehlsuppe. Es war unappetitlich, aber man hätte somit wenigstens etwas im Magen. Die Suppe war fast fertig, als der Ruf ertönte: „Es geht weiter! Los, in die Waggons!" Und da kam auch schon einer der Wachleute und stieß mit seinen Stiefeln den Topf um. Es war alles umsonst gewesen. Der Magen blieb so leer, wie er vorher auch schon war. Sie mussten nur sehen, dass sie wieder in den Waggon kamen, sonst wurden die Wachleute handgreiflich. Es war zum Verzweifeln!

Nach einigen Tagen hielt der Zug wieder. Die Leute waren schon halb verhungert. Es wurde gesagt, dass man länger halten würde und dass in der Nähe ein kleiner Bach sei, wo man sich waschen könnte. Außerdem seien sie in der Nähe eines kleinen Dörfchens, wo man etwas zu essen kaufen könnte. Lena schickte ihren Ältesten zum Dorf, um etwas Brot zu kaufen. Gott sei Dank hatte sie noch etwas Kleingeld bei sich.

Sie selber ging mit ihren anderen Kindern und den anderen Frauen und wusch sich und die Kleider, die sie in den letzten Tagen angehabt hatten. Nach zwei Stunden fing sie besorgt an, Ausschau nach Jakob zu halten. Einige andere, die ins Dorf gegangen waren, waren bereits wieder zurück. Doch von ihrem Ältesten war weit und breit keine Spur. Die Angst stieg in ihr hoch. Was wenn der Zug weiter fahren würde und Jakob wäre noch nicht wieder da?

Und so kam es dann auch. Es wurde laut gerufen: „In die Waggons. Es geht weiter!" Verzweifelt bettelte Lena einen Wachmann an, doch noch etwas zu warten. „Mein Sohn ist bestimmt gleich wieder da!", rief sie und rüttelte aus Verzweiflung am Arm des Wachmannes. Dieser schüttelte sie verärgert ab.

Es gab kein Warten, kein Erbarmen. Lena wollte mit ihren Kindern nicht einsteigen, doch sie wurde mit Gewalt hineingeschoben. Sie weinte und schrie, es half nichts. Wieso war sie nur so dumm gewesen und hatte ihren Sohn weggeschickt? Nie würde sich Lena das verzeihen können.

Nach einigen Stunden hielt der Zug erneut, jetzt an einem Bahnhof. Man durfte Wasser holen. Lena konnte immer noch keinen klaren Gedanken fassen. Was sollte sie tun? Sie konnte ihren Sohn doch nicht alleine in dieser Gegend lassen. Er war doch nur knappe dreizehn Jahre alt. Sie war so sehr in Gedanken, dass sie gar nicht bemerkte, wie plötzlich jemand vor ihr stand. Eine Hand fasste sie an den Arm und erst da bemerkte Lena ihren Ältesten. Tatsächlich – vor ihr stand Jakob! Sie umarmte ihn stürmisch und beide weinten Freudentränen. Jakob hatte es geschafft, den letzten Waggon zu erreichen und war aufgesprungen. Sie hatte ihren Sohn wieder! Dass man in solch einer traurigen Situation, wie sie steckten, noch solche Freudenmomente erleben könnte, das hatte Lena bis vor einigen Stunden nicht geglaubt!

∽

So kam Lena Janzen irgendwann in ein Arbeitslager im hohen Norden Russlands. Sie musste sehr hart arbeiten und das Leben kam ihr fast unerträglich vor. Doch sie hatte immer noch ihre Kinder, und dafür war Lena dankbar, denn dies war angesichts der Umstände nicht selbstverständlich.

Doch dieses Vorrecht durfte sie nicht lange genießen. Nach etwa einem halben Jahr wurden die Menschen im Lager aufgeteilt. Nur die Mütter, die Kinder unter zwei Jahren hatten, durften bleiben. Die anderen sollten in ein anderes Lager transportiert werden, wo es nötiger an Arbeitern fehlte. Es half kein Betteln, kein Weinen, kein Schimpfen – über das Leben dieser Frauen und Kinder entschied die Lagerleitung, und auch diese handelte nur auf Befehl aus Moskau.

So wurde Lena Janzen auch noch das Letzte genommen, was ihr etwas bedeutete. Und mit ihr noch vielen anderen Frauen. Niemand von ihnen wusste, was sie noch alles erwartete. Aber eines wussten sie – dass es mit Sicherheit nichts Gutes sein würde! Lenas Spur endet hier. Niemand weiß, wo sie und ihre Kinder geblieben sind und wie es ihnen weiter ergangen ist.

1947

I.

Katharinas Eintrag

So viel ist passiert. Soviel, dass ich kaum weiß, wo ich anfangen soll. Schlechte Zeiten wurden auch immer wieder zwischendurch von besseren Zeiten abgelöst. Und du, liebes Tagebuch, hast als Einziges stets alles erfahren. Nur du allein kennst meine tiefsten Geheimnisse. Wenn ich dich in der Hand habe, denke ich immer als erstes an Papa. So lange ist es her, seit er mir damals, an meinem siebten Geburtstag dieses schwarze Büchlein in die Hand drückte und sagte: „Ein Tagebuch ist etwas ganz Herrliches. Benutze es, Tina! Wenn es dir mal nicht so gut geht, wird es dich trösten!" Fast 17 Jahre ist es her und ich habe Papas Worte immer noch im Herzen. Oh, wie er mir immer noch fehlt, der Papa! Auch Liebenau, unser Hof und unser Haus fehlen mir! Obwohl ich nicht weiß, ob ich jemals nach Russland zurück möchte, nach all dem, was wir dort erlebt haben, habe ich Sehnsucht nach meinem Heimatdorf, nach den Apfelbäumen, den Weizenfeldern und der großen Eiche, die hinter unserem Haus stand. Ob sie da wohl noch steht? Ob es unser Haus überhaupt noch gibt? Ich weiß es nicht, werde es wohl auch nie erfahren.

Aber jetzt zu dem, was ich in letzter Zeit erlebt habe. Wir hörten von den vielen, die wieder zurück nach Russland verschleppt wurden. Doch uns ist Gott sei Dank nichts passiert. Die Angst, in der wir gelebt haben, dass man uns finden und holen würde, kann ich nicht beschreiben. Es war eine traurige und auch sehr schwere Zeit. Ich musste schwer arbeiten bei meiner neuen Wirtin, Frau Hopps. Manchmal dachte ich, das Leben besteht nur noch aus Arbeit. Aber dann erinnerte mich eine innere Stimme daran, dass ich froh sein sollte, in Deutschland zu sein. Und dann schämte ich mich, dass ich so undankbar war.

Irgendwann, einige Monate nach Kriegsende, kam Herr Hopps nach Hause. An einem warmen Herbsttag Anfang Oktober klopfte es bei Frau Hopps an der Tür. Als sie öffnete, traut sie ihren Augen nicht. Herr Hopps war wieder da! Fünf Jahre hat er als Soldat in der Wehrmacht gedient. Und auf einmal stand er vor der Tür. Es war ein unglaublicher Moment! Frau Hopps sagte zwar immer, dass er irgendwann kommen würde, aber mir schien, sie hatte die Hoffnung tief innen schon fast aufgegeben.

Mit dem Erscheinen von Herrn Hopps wuchs auch meine Hoffnung wieder, dass Wanja irgendwann zu uns stoßen würde. Doch wir mussten noch mehr als ein Jahr warten. Und dann, es ist kaum zu glauben, stand Wanja vor uns. Abgemagert, in einem zerschlissenen Mantel und mit großen schwarzen Ringen um die Augen, aber er war da. Wir waren wieder zusammen: Liese, Wanja, Heini, ich und Picki. Unsere Freude war unbeschreiblich groß und wollte kein Ende nehmen. Gott hatte uns nicht vergessen, das war uns in diesem Moment wieder allen klar!

Wanja hatte in Polen an der Front gekämpft, war kurz vor Kriegsende verwundet und in ein Lazarett gebracht worden. Hier war er gesund gepflegt worden und hatte sich auf die Suche nach uns gemacht. Nach mehr als einem Jahr hatte er uns dann gefunden.

Und jetzt sind wir dabei, unsere Auswanderung zu planen. Peter und Elfriede Dyck und ein gewisser Herr Klassen sind vom MCC, dem Mennonitischen Zentralkomitee, beauftragt worden, uns bei der Auswanderung nach Südamerika zu helfen. Sie bemühen sich um uns und haben bereits eine große Gruppe für die Auswanderung zusammen. Es heißt, wir müssen uns beeilen, denn wir könnten immer noch von russischen Behörden aufgespürt werden. Der Plan, auszuwandern, kommt mir sehr abenteuerlich vor. Ich habe große Angst. Was kommt auf uns zu, wenn wir nach Paraguay ziehen? Wo alles neu ist, sogar die Sprache. Wir sprechen doch kein Spanisch! Es ist uns klar gemacht worden, dass uns harte Zeiten erwarten. Hart, aber anders hart als bisher. Doch langsam beginne ich, mich auf die Reise zu freuen. Irgendwann ohne Angst leben zu können, das wünsche ich mir im Moment mehr als alles andere. Wir sind zu fünf und wir werden es schaffen! Wir ziehen zwar noch weiter weg von Mama, die unter der Erde liegt, und von Papa, Dieter und Jakob, die in den Weiten Russlands verschollen sind, aber wir ziehen mit Gott! Und er wird uns nicht verlassen!

II.

„Ihr müsst jetzt alle etwas tun, was euch wahrscheinlich widerstrebt. Aber ihr müsst es tun, für euer Leben und für das Leben eurer Kinder!" Ein Herr, der der Versammlung vorstand, Katharina wusste seinen Namen nicht, hatte dies mit leiser Stimme gesagt. Die Flüchtlinge, die nach Paraguay wollten, waren alle in einem Raum versammelt und besprachen die letzten Einzelheiten für die Reise. Alles musste leise und heimlich ablaufen. Er sprach weiter: „Die Lage ist im Moment äußerst prekär. Ein jeder von euch muss von einer Kommission geprüft werden, bevor er die Ausreiseerlaubnis erhält. In dieser Kommission sind Amerikaner, Franzosen, Engländer und - Russen! Wir müssen deshalb…", er überlegt kurz und suchte nach den richtigen Worten, „…wir dürfen nicht ganz die Wahrheit sagen." „Wir müssen lügen?", schrie eine ältere Frau von hinten. „Ja, so kann man das auch sagen", sagte der Herr. Und daraufhin wurde erklärt, was sie der Kommission erzählen sollten. Nämlich, dass sie Russland nicht freiwillig verlassen hätten, sondern von den Deutschen gewaltsam verschleppt worden seien, dass sie in Deutschland nicht verpflegt und auch nicht eingebürgert wurden. „Ihr dürft auch auf keinen Fall sagen, dass ihr in der Wehrmacht gewesen seid. Wenn die merken, dass ihr mit den Deutschen kooperiert habt, habt ihr keine Chance, Deutschland zu verlassen", schloss er seine Rede.

So manch einer hatte wohl ein schlechtes Gefühl bei der Sache. Waren es doch die Deutschen gewesen, die sie aus Russland mitgenommen und ihnen geholfen hatten. Und jetzt sollte man gegen sie aussagen? Doch die Gewissensbisse verschwanden rasch, da man einfach nur noch weg wollte, um sein eigenes Leben zu retten.

Auch Katharina erging es so. Wie eingeübt gab sie der Kommission ihre Antworten. Ob diese alle die Lügen glaubte, bezweifelte sie. Aber sie ließen sie gehen, genau wie alle anderen auch. Die Kommission entschied über das Leben von 2300 Flüchtlingen, die auf dem Weg in eine unbekannte Zukunft waren. Die Flüchtlinge ließen alles hinter sich: Ihre Vergangenheit in Russland, ihre großen Wirtschaften, ihre ihnen wohl vertrauten Dörfer mit den hübschen Baumalleen, ihre Lieben, die der Stalinmacht zum Opfer gefallen waren. Sie waren auf dem Weg nach Paraguay, einem Land, das sie aufnehmen wollte, ein Land, in dem sie keinen Militärdienst leisten müssten und in dem sie ungehindert nach den Prinzipien ihres Glaubens frei leben konnten. Ein Land, das ihnen eine neue Freiheit schenken wollte!

Epilog

Jetzt ist es endlich soweit. Wir sind in Bremen auf dem Schiff. ‚Volendam' heißt es. Diese Volendam bringt uns in die Freiheit. Wir sind alle sicher an Bord gekommen. Dank der Hilfe von den Männern des MCC haben wir unsere Ausreiseerlaubnis bekommen. Wir sind bereit – bereit für ein neues Leben! Auf dem Schiff sind wir gut untergekommen. Ich teile mit Liese und einer anderen jungen Mutter eine Kabine. Sie ist nicht groß, aber wir haben genug Platz. Im Moment stehe ich an der Reling und schaue auf den Hafen. Ich höre noch ein letztes Mal, wie die Hafenarbeiter sich auf Deutsch unterhalten. Ich genieße es. Ich liebe die deutsche Sprache. Ich habe sie stets der russischen vorgezogen. Aber jetzt heißt es wohl, die spanische Sprache zu erlernen. Ob ich das schaffe? Ob ich mich in Paraguay irgendwann wohl fühlen werde und sagen können, dass ich mich zu Hause fühle?

So viel erwartet mich in der neuen Heimat. Ich habe Angst, aber ich freue mich auch. Und die Freude ist größer. Vor allem freue ich mich darauf, endlich keine Angst mehr zu haben und frei zu sein!